Het laatst

Niccolò Ammaniti

Het laatste oudejaar van de mensheid

Vertaald uit het Italiaans door Etta Maris

Lebowski, Amsterdam 2010

Eerste druk, november 2003
Derde druk, februari 2010

Oorspronkelijke titel: *L'ultimo capodanno dell'umanità*
Oorspronkelijk uitgegeven door: Mondadori, 1998

Omslagontwerp: © Dog and Pony, Amsterdam
Foto omslag: © Taylor Summack / Getty Images
Foto achterzijde: © Hollandse Hoogte / Grazia Neri

ISBN 978 90 488 0459 7
NUR 302

www.niccoloammaniti.nl
www.lebowskipublishers.nl

Lebowski is een imprint van Dutch Media Uitgevers bv

Toen Sherree Rose zag dat het feest
een groot succes was en dat de gasten
lachten en dansten, vroeg ze zich af:
waarom amuseert iedereen zich hier en ik niet!
Sherree wist niet dat alle gasten, niemand
uitgezonderd, op dat moment hetzelfde dachten.

Clive Blatty

'Bij kilometerpaal twaalf van de Via Cassia, op nummer 1043, bevindt zich het Woonpark van de Eilanden. Het complex bestaat uit twee moderne appartementengebouwen (gebouw Capri en gebouw Ponza) en is een voorbeeld van uitgekiende, op maat verwezenlijkte architectuur, met veel groen en ruimte en een schitterend uitzicht op het weelderige Romeinse platteland. Met zijn olympisch zwembad, hardcourt en grote parkeerplaats is het de perfecte plek voor wie dicht bij de natuur wil wonen maar geen afstand wil doen van modern comfort. Vlakbij het woonpark bevindt zich dan ook een winkelcentrum met een supermarkt, kledingzaken, kapsalons, een wasserette, enzovoort. Op dit moment worden er tevens een bioscoop en een discotheek gerealiseerd.
Niet ver van het centrum van Rome (slechts een kwartiertje met de auto!) is het Woonpark van de Eilanden ideaal voor iedereen die in de stad werkt en wil wonen in een oase van exclusieve rust en vrede...'

Uit de reclamefolder van het Woonpark van de Eilanden

Dinsdag 31 december 199...

1 CRISTIANO CARUCCI 19.00 UUR

Cristiano Carucci had drie mogelijkheden bedacht om door die vervloekte avond te komen.

Eén.

Met de rest van de groep naar buurthuis Argonauta gaan, waar die avond het megaoudejaarsblowfestijn en een concert van Animal Death op het programma stonden. Maar die band stond hem behoorlijk tegen. Vervelende fundamentalistische vegetariërs. Hun lievelingsspelletje was rauwe karbonades en bloederige runderlappen in het publiek gooien. De laatste keer dat hij naar een concert van hen was gegaan, was hij onder het bloed thuisgekomen. En bovendien speelden ze een afgrijselijk soort Anconese rockmuziek...

Twee.

Visgraat bellen, de 126 nemen en kijken wat er in het centrum te doen was. Misschien binnenvallen op een of ander feest. Om twaalf uur zouden ze natuurlijk ergens stomdronken vast komen te zitten in de verkeerschaos, en in die zee van opgewonden toeterende eikels toosten op het nieuwe jaar.

Mijn god, wat een treurnis!

Hij draaide zich om op zijn bed, griste het pakje Diana blauw van het nachtkastje en stak er een op.

Het zou best leuk zijn geweest als Esmeralda en Paola er waren. Maar die twee waren naar Terracina vertrokken. Zonder iets te zeggen. Zeker iets met mannen. Met hen erbij had er misschien nog wat seks in gezeten. Wanneer Paola dronken was liep het altijd uit op seks.

Wie neukt op oudejaar, neukt het hele jaar.

Drie.

Schijt hebben. Schijt hebben aan alles. Aan absoluut alles. Rustig. Een boeddha. Opgesloten in zijn slaapkamer. Gebarricadeerd in de bunker. Een cd opzetten en doen alsof dit niet een speciale avond was, maar een willekeurige avond na een willekeurige dag.

Geen slecht idee, zei hij tegen zichzelf.

Eén probleem.

Zijn moeder stond al vanaf vijf uur die ochtend in de keuken om dat stomme oudejaarsdiner te bereiden.

Van wie moet ze dat eigenlijk doen? vroeg hij zich af zonder antwoord te krijgen.

Ze had een overdreven uitgebreid diner georganiseerd voor Mario Cinque, de portier van gebouw Ponza, diens familie (drie kleine kinderen & praatzieke echtgenote & schoonmoeder met parkinson), de tuinman van het woonpark Giovanni Trecase en diens vrouw, de bewaker Pasquale Cerquetti en diens zus Mariarosaria van vierentwintig jaar (superlekker stuk!). Alleen Stefano Riccardi ontbrak, die had die avond dienst in de portiersloge. Ze had iedereen uitgenodigd die in het woonpark werkte.

Nee, ze had het niet tegen Salvatore Truffarelli gezegd, die belast was met het onderhoud van het gemeenschappelijke zwembad. Met hem had ze ruzie.

Mijn moeder is ongelooflijk! Zelfs op oudejaarsavond kan ze ze nog allemaal verdragen.

Mevrouw Carucci was de portier van gebouw Capri.

Gezellig met zijn allen samen in dat kleine souterrain waar ze leefden als muizen. Zich volstopten met eten. Hun lever ruineerden met gefrituurde rommel.

Hij stapte uit bed en rekte zich uit. Hij gaapte. Hij keek in de spiegel.

Zijn gezicht zag er werkelijk weerzinwekkend uit. Rode ogen, roos, een baard van twee dagen. Hij stak zijn tong uit. Die leek wel een tennissok. Hij dacht aan wat hij allemaal zou moeten doen om zichzelf uit dit moeras omhoog te trekken.

Zich wassen, scheren, aankleden en bovenal de keuken in gaan en iedereen groeten.

Nee... Dat is echt onmogelijk.

Ga maar voor optie drie!

Hij deed de deur op slot. En snoof als een jachthond de lucht op.

Er hing een sterke, vettige lucht in de kamer.

Wat is ze aan het maken? Broccoli? Bonen?

Wat was dat voor dodelijke stank?

O nee, dat komt natuurlijk doordat mijn moeder boodschappen doet in Verano, vlakbij de begraafplaats.

Hij zette de stereo-installatie aan. Nirvana. Hij voelde iets vagelijk heroïsch in zijn handelen, iets ascetisch zelfs, in zijn minachting voor de wereld en voor genot tot elke prijs.

Je kán het, lul van een boeddhistische monnik die je bent!

En hij liet zich weer op zijn bed vallen.

2 THIERRY MARCHAND 19.30 UUR

Thierry Marchand vond eindelijk een parkeerplaats voor zijn Volkswagenbusje. Het was een raar gezicht, die rammelkast met op de zijkant het anarchistenteken, tussen Mercedessen 700, Saabs 9000 en andere luxe slagschepen.

Hij had twee uur vastgestaan in het verkeer op de Via Cassia, met het risico dat de motor zou smelten. Scheldend op de Romeinen had hij iedere meter moeten bevechten.

Wat hem het meest tegenstond was dat die dwazen, als sardientjes in een blikje in hun auto's gepropt, eruit zagen of ze blij en gelukkig waren. Ze lachten. Ze toeterden.

En dat allemaal omdat het oudejaar is. Belachelijk! Derdewereldland.

Tussen zijn benen klemde hij een fles Kasatsky-wodka, geproduceerd en gebotteld in Ariccia, een dorpje bij Castelli, in de buurt van Rome. Zesduizend lire per fles. Hij nam een slok en liet een boer. Vervolgens haalde hij een propje uit de zak van zijn verbleekte spijkerbroek. Hij vouwde het open.

'Discotheek De Weerwolf, Via Cassia 1041' stond erop.

Daar dus.

Pal voor het busje. Een grote danstent met een knipperend uithangbord. Voor de deur een rij chic geklede mensen. Mannen in donkerblauw pak, sommigen zelfs in smoking, vrouwen in lange jurken, allemaal met afgrijselijke bontjassen aan. Uitsmijters in oranje donsjacks voor de ingang.

Minder dan vijftig meter rechts van de discotheek, voorbij de AGIP-benzinepomp, zag hij een groot hek met een oprit.

Het was er een komen en gaan van auto's.

Wat is dat?

Hij kneep zijn ogen samen.

Op de muur zag hij een groot koperen bord. WOONPARK VAN DE EILANDEN stond erop. Links van het hek een portiersloge en rechts een kerstboom vol verlichte ballen. Aan de andere kant van de muur en de naaldbomen zag hij twee appartementengebouwen uit de jaren zeventig. Daken van donkerbruine dakpannen. Schotelantennes. Bakstenen. Balkons vol planten die in de winter waren bevroren. Penthouses. Grote verlichte glaswanden.

Een rijkeluisoord!

Thierry opende zijn portier en stapte uit.

Het was ijskoud. Er stond een wind die je oren afsneed. De hemel was bedekt door grote, donkere wolken.

En knallen. Kleine explosies. Voorzichtige lanceringen voorafgaand aan de chaos van middernacht.

Ach ja, knallen. Natuurlijk, op oudejaarsavond wordt er geknald...

Thierry stak een Gitane zonder filter op, opende het zijportier van de bestelbus en haalde Régine eruit. Zijn Keltische harp. Ze was gewikkeld in een dikke donkerblauwe doek. Hij pakte haar tussen zijn armen vast, duwde met zijn voet het portier weer dicht en liep naar de ingang van De Weerwolf, langs de elegante boa die roerloos wachtte voor de discotheek.

Dat inferieure spul dat hij achterover had geslagen, brandde in zijn maag en zijn benen voelden als de tentakels van een inktvis.

Tering, ik ben nu al bezopen! constateerde hij klinisch.

De twee uitsmijters die de genodigden controleerden zagen hem aankomen. Hij waggelde heen en weer. Met dat ding tussen zijn armen geklemd.

Wie was die vreemde vent?

Met die vettige gele snor. Die ogen als van een gekookte zeebarbeel. En dat haar... Blond, lang, vies.

Een oude Viking wiens laatste uur heeft geslagen? Een Duitse hippie die tot uitsterven gedoemd is?

'Wat wil je?' luidde de grimmige vraag van een uit de kluiten gewassen knul met een laag voorhoofd, die uit zijn camelkleurig colbert en streepjesoverhemd leek te barsten dat om zijn stierennek knelde.

'Wie?! Ik?'

'Ja, jij.'

'Ik moet spelen.'

'En wat zit daarin?'

'Régine. Mijn harp.'

Thierry liep door naar de deur zonder zich iets van de uitsmijters aan te trekken, want Régine woog een ton, maar een grote hand hield hem tegen.

De betalende gasten staarden hem met koeienogen aan.

'Wacht! Wacht eens even... Waar ga jij heen?! Rustig aan!'

De stoere knul pakte de intercom en begon erin te praten. Hij dempte zijn stem.

'Het is goed! Je mag erdoor. Het enige probleem is dat dat zo niet gaat. Heb je jezelf gezien? De mensen betalen hier om binnen te mogen. Zo kan het echt niet!' zei de jongen, misnoegd het hoofd schuddend.

Thierry begon zenuwachtig te worden.

'Wat bedoel je?' snoof hij geïrriteerd.

'Zoals jij gekleed bent.'

Thierry zette de harp neer en bekeek zichzelf.

Hij droeg zijn oude, onvervangbare suède jack met franjes, het gebruikelijke spijkeroverhemd, zijn spijkerbroek, inderdaad een beetje vuil van de olie van de versnellingsbak die gister op de snelweg kapot was gegaan, zijn riem met de gesp in de vorm van een bizonkop en zijn cowboylaarzen.

Alles normaal...

Hij hief zijn armen omhoog en vroeg: 'Nou vriend, wat is hier niet goed aan?'

3 GIULIA GIOVANNINI 19.32 UUR

Giulia Giovannini woonde op de tweede verdieping van appartementengebouw Ponza. Pal tegenover het gebouw waar Cristiano Carucci woonde.

Ze had dat appartement zes maanden daarvoor gekocht van de erfenis die haar vader haar had nagelaten. En omdat ze een energieke meid was, had ze alles zelf opgeknapt, zonder hulp van wie dan ook. Ze had de muren zalmroze geverfd, ze had gestuukt, de kozijnen vervangen en kleurige Laura Ashley-gordijnen gekocht.

Ze woonde er alleen, ook al was Enzo Di Girolamo, haar nieuwe vriend, sinds kort bij haar ingetrokken. Meteen toen hij de week daarvoor de huissleutel had gekregen, had hij al zijn spullen gepakt en was hij verhuisd.

'Wat heb ik een ongelooflijk grote stommiteit begaan!' zei Giulia tegen het lege appartement toen ze met haar boodschappentassen binnenkwam.

Enzo had er een zwijnenstal van gemaakt en was weggegaan.

Op de salontafel voor de televisie stonden vuile borden, op het tapijt lagen een leeg bierblikje en broodresten.

Wat kan jou het schelen, je schatje ruimt het toch wel op.

'Als je een vinger geeft, nemen ze je hele arm! Ze zijn allemaal hetzelfde,' brieste ze.

Ze was niet echt boos.

Eigenlijk vond ze het wel leuk dat er een man in haar leven was die haar maniakale orde een beetje verstoorde.

Snel ruimde ze alles op.

Ze was vreselijk achter op haar tijdschema. De gasten zouden om negen uur komen.

Minder dan twee uur.

Het was uitgelopen bij de kapper en in de lingeriewinkel. Ze had belachelijk veel geld uitgegeven aan rode jarretels, een slipje en een beha.

Ze liep naar de keuken en legde het rundvlees in de oven, de rest was al gedaan, kant-en-klaar uitgestald op het keukenblad. Ze opende de koelkast, pakte een fles prosecco, schonk een glas in en liep naar de badkamer.

Ze moest zich wassen, verkleden en optutten.

Ze draaide de kraan van het bad open en kleedde zich uit.

Giulia was slank. Maar haar twee grote borstklieren waren in al hun overvloedigheid omhooggericht zonder zich iets aan te trekken van de zwaartekracht. Lange bovenbenen en hoge stevige billen.

Ze keek in de spiegel.

Ze leek net een meisje uit de *Playboy*. Naakt, met dat gepermanente, roodgeverfde haar en dat wijnglas in haar hand.

En ze kon de verleiding niet weerstaan.

Ze moest absoluut zien hoe dat zojuist gekochte setje haar stond.

Ze rende naar de slaapkamer en trok de lingerie uit de verpakking.

Op het nachtkastje naast haar bed knipperde het lampje van het antwoordapparaat. Ze drukte op play en liep terug naar de badkamer. Terwijl ze de push-upbeha aantrok luisterde ze naar het eerste bericht.

Het was mammie die belde vanuit Ovindoli.

'Veel geluk! Veel geluk! Veel geluk, mijn zonnetje! En nogmaals veel geluk! Ik hoop dat je een fantastisch jaar zult hebben. Beter dan het afgelopen jaar. Geld, geluk en liefde. Ja, vooral liefde voor mijn enige, allerliefste dochter! Ik hou van je, schatteboutje!'

Ze kon haar niet uitstaan als ze zo praatte.

Een oude vrouw met de stem van een klein meisje.

Beslist een beter jaar...

Maar over het afgelopen jaar had ze helemaal niet te klagen. Ze had een man gevonden die ze aardig vond (we kunnen zelfs zeggen: van wie ze hield), een huis in een chique buurt en een vaste baan als secretaresse op een groot kantoor in het centrum.

Wat wilde ze nog meer?

Niets.

Ze trok haar hoge hakken aan.

Niet slecht!

Het tweede bericht was van Clemo.

'Giulia, met Clemo. Ik wilde zeggen dat Fiorenza niet komt... Ze heeft hoofdpijn. Het spijt haar zeer. Ik hoop dat je het niet erg vindt...'

Hij liegt! Ze hebben weer ruzie gehad.

Ze trok haar Sculpture-beha aan. Die maakte van haar borsten twee schaamteloze voetballen.

Het derde bericht was van Deborah.

'Hoi Giulia, met Debby. Ik weet echt niet wat ik moet doen. Wat trek jij...'

'Hallo?! Hallo Debby! Met Enzo.'

'Enzo?'

Enzo had Deborah gesproken zonder het antwoordapparaat uit te schakelen, zodat het hele gesprek was opgenomen.

'Ja, met mij. Giulia is er niet. Wat ben je aan het doen?'

'Niks... Ik baal! Ik heb helemaal geen zin om naar dat etentje van Giulia te gaan. Verdorie! Ik ben vanavond helemaal niet in de stemming. Oudejaar zou je in een moslimdorp moeten doorbrengen. Daar gaat iedereen om tien uur naar bed.'

Aardig! Erg aardig! dacht Giulia terwijl ze badschuim in bad goot. *Moet je zien wat een trut. En waarom zegt ze dat eigenlijk allemaal tegen Enzo?*

'Moet ik echt komen?'

'Ja natuurlijk. Ik heb er zelf ook geen zin in, dat weet je toch. Maar we zullen wel moeten.'

Giulia liep terug naar de slaapkamer en ging op het bed zitten.

'Goed, ik kom. Als jij maar bij me bent. Ik doe het alleen voor jou, Knorretje. Maar je moet nu even hier komen, ik heb heel wat knuffels nodig om deze avond goed door te komen... Ik mis je!'

Shit!

'Ik jou ook. Heel erg.'

Shit!

Giulia voelde haar maag samenkrimpen. Ze sperde haar mond open en probeerde diep adem te halen maar haar luchtpijp was een doodlopend steegje geworden waar de lucht niet doorheen kon.

'Goed... Maar ik kan niet lang blijven. Giulia komt zo thuis. Ik heb beloofd dat ik haar zou helpen.'

'Goed. Tot zo dan.'

Einde van het telefoongesprek.

Nu begon alles om Giulia heen te draaien. De kamer, het bed, de plafondlamp. Koud zweet droop langs haar oksels en gloeiende vlammen verhitten haar gezicht. In één slok dronk ze het glas prosecco leeg.

Je hebt het niet goed gehoord. Rustig. Je gaat het nu nog een keer afspelen en dan zul je zien dat je je vergist. Je hebt gehallucineerd. Een heel normale akoestische hallucinatie. Je hebt het gewoon niet goed gehoord...

Ze speelde het nog drie keer af.

De laatste keer wist ze dat alles waar was. Dat het geen grap was. Dat die snol háár man Knorretje noemde. En dat háár man Deborah heel erg miste.

Intussen had de pijn zich van haar maag naar haar keel verspreid en lag ze te rochelen op het bed.

'God nog aan toe. God nog aan toe, wat voel ik me beroerd... Hondsberoerd. Doodziek.'

Zo bleef ze, halfnaakt, op het bed liggen.

Vervolgens probeerde ze te huilen.

Er gebeurde niets. Het lukte niet.

Haar ogen waren droog als woestijnstenen. Maar binnen in haar bewoog iets. Er woedde een storm. Het was geen verdriet of pijn omdat ze was belazerd door Enzo, aan wie ze haar huissleutels had gegeven, door Deborah, haar beste vriendin, haar vriendin van de brugklas van het gymnasium. Nee, in Giulia's hart zwol in die wervelwind van gevoelens iets anders aan, iets slechts en bitters wat plotseling losbarstte en haar deed grijnzen en lachen als een hyena.

Razernij. Woede. Haat. Minachting.

Dat was wat ze binnen in zich had.

Voor die hoer die haar vent afpakte en voor die hufterige klootzak.

'Ahhhh!! Hier zullen jullie voor boeten! Ik zweer op het hoofd van mijn moeder dat jullie hiervoor zullen boeten,' brieste ze ten slotte, terwijl ze op het bed ging staan. Ze trok het bandje uit het antwoordapparaat en hief het met beide handen, alsof het de heilige graal was, in de lucht, kuste het vervolgens en legde het in de la van het nachtkastje, deed die op slot en stopte de sleutel in haar beha.

Ze liep naar de woonkamer en pakte twee zilveren fotolijstjes.

In het ene lijstje zat een foto van Enzo die een zeebaars vasthield, in het andere een van Deborah in skipak op de piste van Campo Felice. Ze smeet ze op de grond. Terwijl ze erop sprong braken de lijstjes en het glas. Ze pakte een fles met alcohol, gooide die erover leeg en stak ze aan. Onmiddellijk stegen er geniepige donkerblauwe vlammen op en Giulia wist dat dat vuurtje meteen moest worden geblust omdat anders het parket en het hele huis in de hens zouden gaan.

Ze spreidde haar benen en plaste erop.

4 MICHELE TRODINI — 19.48 UUR

'Opa! Opa! Kijk!' zei Michele Trodini, terwijl hij samen met zijn opa, meneer Anselmo Frasca, een lange rij vuurpijlen in de bloempotten van zijn moeder prikte.

Ze stonden alle drie op het keukenbalkon. Ze woonden op de derde verdieping van gebouw Capri.

'Wat is er, Michele?'

'Er is... er is iemand. Een vrouw. Ze is naakt. En...'

'En?'

'Nou ja... Ze staat... te plassen in de woonkamer.'

De oude man zat op een plastic tuinstoel.

Hij was nog goed in vorm voor zijn leeftijd, maar sinds hij was geopereerd aan zijn linkeroog zag hij bijna niets meer.

'Waar is ze?'

'Pal tegenover ons. In gebouw Ponza. Zie je haar?'

Opa knipperde met zijn ogen en strekte zijn hals, waardoor hij veranderde in een oude bijziende schildpad.

'Zei je dat ze helemaal naakt was?'

'Nee, ze heeft nog een beha aan...'

'Hoe is ze? Mooi?!'

'Heel mooi, opa.'

Hoewel Michele pas elf was, kon hij een mooi vrouwenlichaam best herkennen en dat lichaam van die plassende vrouw in het gebouw aan de overkant was het lekkerste dat hij ooit in zijn leven had gezien. Zelfs zijn nicht Angela had niets wat daarop leek.

'Ga naar mijn kamer, jongen. Snel. Haal mijn verrekijker. Ik wil haar ook zien.'

Michele stond op en rende naar de slaapkamer van de oude man. Hij wist dat opa erg van naakte vrouwen hield. Hij viel elke avond in slaap voor de tv-show *Colpo Grosso*. Daar, in zijn luie stoel, met open mond en de afstandsbediening in zijn hand.

Zijn opa was vroeger alpenjager geweest en bewaarde in zijn kamertje nog de vaantjes en de zwart-witfoto's van zijn regiment. Michele deed de kast open en vond de oude verrekijker naast de gestreken en naar lavendel geurende overhemden. Hij rende door de woonkamer. Zijn zusje Marzia en zijn moeder waren bezig de tafel te dekken met het mooie tafelkleed en het zilveren bestek.

'Michele, wil je ons even helpen?'

De stem van zijn moeder hield hem tegen bij de balkondeur.

'Ik kom zo, mam...'

'En zeg tegen opa dat hij binnen moet komen. Als hij nog langer buiten blijft vat hij kou. Wat doe je met die verrekijker?'

Michele dacht even na.

Was het verstandig om mama de waarheid te vertellen?

'We kijken naar het vuurwerk.'

Hij liep het balkon op. De vrouw was er nog. Hij gaf de verrekijker aan zijn opa, die hem onmiddellijk tegen zijn ogen drukte.

'Michele, Michele toch, wat een stuk! Wat een stuk!' zei opa tevreden.

Ja, dat waren pas mannenzaken.

5 VISGRAAT 19.50 UUR

Massimo Visgraat Russo snelde op zijn rode Morini 3.5 over het viaduct van de Corso Francia.

'Snelde' is een groot woord – het was eerder vooruitkomen wat hij deed.

Hij kwam kalmpjes vooruit in het blije feestverkeer.

Hij was in de stemming voor reflectie.

Je moet vaste punten vinden, zei hij in zichzelf. *Stevig verankerde punten, om je leven te veranderen. Straks begint er een nieuw jaar en dan word ik een nieuw mens. Ik ontdoe me van mijn oude gewoontes en ga mijn schouders eronder zetten. Ik word een serieus mens.*

Wanneer was de laatste keer dat ik tentamens heb gedaan? vroeg hij zich af.

Dat was een van die vragen die hij zichzelf normaal liever niet stelde. Maar dit was een speciale dag. De laatste dag van het jaar. Een geschikte dag om de balans van het leven op te maken en feest te vieren.

Al best wel lang. Hoe lang zou het zijn? Acht, negen maanden. Maar nu is het genoeg. Jullie zullen eens wat zien. In februari doe ik het tentamen Italiaanse literatuur. In april contemporaine geschiedenis en in juni een mooi aanvullend tentamen... Alles gaat veranderen. Ik zweer bij God dat alles gaat veranderen. Met het risico dat ik zelfs al over een paar jaar afstudeer.

Ja, hij zou de volgende dag beginnen, op 1 januari.

's Ochtends douchen. Opgeruimde kamer. Weg telefoon. Weg televisie. Geen grappen meer. Geen joints. Geen snacks in de bar. Geen motorritjes naar Arezzo met Cristiano. Serieus aan de studie. 's Ochtends drie uur en 's middags drie uur.

Punctueel.

Een stomme calvinist.

En bovendien voel ik me niet goed als ik de hele dag niets doe, ik moet iets doen, anders kan ik straks niet eens genieten van de mooie dingen van het leven, zei hij in zichzelf, nog steeds overlopend van een openhartigheid en een introspectie waar hij zelf versteld van stond.

Vervolgens kwam er een gerechtvaardige twijfel in hem op.

Ik zeg dit soort dingen omdat ik samen met mijn broer Andrea een joint heb gerookt zo groot als een banketstaaf. Als die is uitgewerkt komt de gewone Visgraat weer terug. Sloom, lui en hasjroker.

In beslag genomen door deze belangrijke overdenkingen, had hij niet gemerkt dat een oude donkerblauwe bus met Napolitaans nummerbord naast hem was komen rijden. Uit de raampjes staken de vlaggen van Nola Sporting Club, de voetbalclub van Nola.

In de bus zat een horde bezwete supporters. Ze schreeuwden. Ze maakten een hels kabaal.

De bus drukte hem steeds verder naar de vangrail.

Visgraat zwenkte opzij en begon te toeteren.

Wat een eikels! Ga eens een beetje opzij!

Hij kon ze niet inhalen, er was te weinig ruimte, en hij moest abrupt remmen om niet in de vangrail te belanden.

Opnieuw gaf hij gas en achtervolgde de bus, die nu op de inhaalstrook reed.

Hij ging ernaast rijden, pal onder het raampje van de chauffeur. En aangezien hij niet iemand was die het er makkelijk bij liet zitten, iemand die alles op zijn beloop liet, schreeuwde hij: 'Verdomme! Ga toch terug naar Napels als je niet kunt rijden!'

Hij vroeg zich af of ze hem wel hadden gehoord. Had de wind zijn woorden weggevoerd? Daarom strekte hij voor alle duidelijkheid zijn arm uit en stak zijn middelvinger op.

Zijn beslissingen en zijn bewegingen waren als stroop zo traag, want die joint die hij had gerookt, was ingeslagen als een dodelijke bom.

Het raampje van de chauffeur ging omlaag.

Ze hebben me gehoord. Ze hebben me gehoord, de eikels.

Visgraat was helemaal klaar voor een woordenstrijd met de chauffeur, die onvriendelijkheden zou zeggen over zijn persoon, lelijke woorden eigenlijk, maar hij zag alleen een grote lompe hand naar buiten steken die iets naar hem gooide.

Een brandende sigaret?

De peuk vloog op hem af en belandde precies tussen zijn benen op het motorzadel.

Knap gemikt!

Hij probeerde omlaag te kijken waar de peuk terecht was gekomen, maar werd daarin belemmerd door zijn helm. Dus zocht hij de peuk op de tast, maar hij kon niet goed voelen met die handschoenen aan.

En toen volgde er een explosie.

Een heel heftige.

Zijn hart schoot in zijn keel. Even verloor hij de controle over het stuur en maakte hij een angstaanjagende schuiver. Bijna botste hij tegen een auto op, maar met opeengeklemde kaken slaagde hij er vloekend in de motor weer recht te krijgen.

Ze hebben een rotje naar me gegooid! Die klootzakken hebben een rotje naar me gegooid. Dat is toch niet te geloven!

Intussen had de bus zich verwijderd. Visgraat gaf gas en de tweecilindermotor van zijn Morini brulde van woede. Hij stortte zich in een razende slalom tussen de auto's die hem scheidden van de touringcar. Met de moed der dwazen kwam hij eindelijk bij de bus, naast het raampje van de chauffeur.

'Stap uit! Stap uit!' schreeuwde hij tegen die schoft aan het stuur met alle lucht die hij in zijn longen had.

Hij kon hem niet zien omdat het raampje te vies was.

Hij begon te toeteren.

'Stap uit! Stap uit, klootzak!'

Die eikels in de bus bleven maar fluiten en zwaaien met hun vlaggen en leken geen belangstelling voor hem te hebben.

Ze hadden hun klotegrap uitgehaald en gingen verder met waar ze mee bezig waren.

Maar die koppige Visgraat kon het niet op zich laten zitten. Hij ging nog dichter naast de bus rijden en begon tegen het portier te schoppen, terwijl hij uitzinnig tierde: 'Stap uit! Stap uit! Stap uit! Vuil smerig hoerenjong!'

Opeens zwenkte de bus naar rechts en remde af.

Zie je wel dat het altijd werkt als je iemands moeder beledigt? zei hij tevreden in zichzelf.

Nu stond de touringcar stil langs de weg. Zo'n twintig meter daarachter stond ook Visgraat stil. Hij zette zijn helm af en stapte van de motor. Hij kneep zijn ogen een beetje dicht om er hard, hard als steen uit te zien. Een soort Inspector Callahan.

Visgraat dankte zijn bijnaam aan zijn magere, puntige lichaam. Een ansjovisskelet. Twee stelten van benen. Een klein hoofd en een ongelooflijke toekansnavel als neus.

De touringcar stond nog steeds stil langs de kant van de weg. De vlaggen wapperden niet meer, hingen slap, en de supporters waren plotseling stil geworden. Alleen de zwarte rook ontsnapte uit de verroeste uitlaat.

Er stapte niemand uit.

Visgraat trok zijn handschoenen uit.

De auto's flitsten langs hem heen.

Muilperen geef je met blote handen.

Hij besloot die smeerlap die de bus bestuurde een extra stimulans te geven om uit te stappen.

'Jouw moeder heeft je verwekt door te neuken met het hele kutelftal van Nola. Klootzak! Stap uit! Stap uit! Stap uit!'

Hij liep over van lef, de jongen.

Langzaam ging het portier van de touringcar open. Net als in een Amerikaanse film. Behalve dat er aan de andere kant van de bus geen woestijn in Arizona met een oude, zonovergoten benzinepomp was, maar de verschanste huizen van de wijk Fleming, die glansde in het gele licht van de lantaarns en van een enkele verdwaalde vuurpijl.

'Stap uit! Stap uit... St...'

Het woord stierf weg in Visgraats mond en zijn ballen krompen ineen tussen zijn benen.

Wat er uit de bus stapte was geen man maar een kleerkast. Enorm. Een beest. Zo groot dat de weg, het viaduct van de Via Olimpica, alles achter zijn schouders onzichtbaar werd.

Wie ben jij? De Hulk?

Even bleef Visgraat gefascineerd kijken naar die zee van spieren, die triomf van testosteron, die handen als pizzascheppen, die domme varkensoogjes die hem vol haat aanstaarden, maar toen legde zijn brein hem uit wat die handen zouden kunnen doen met zijn breekbare lijfje en begon hij tegelijkertijd te gillen, te jammeren en te schreeuwen: 'Stap in! Stap in! Stap in! Stap in!'

Met één acrobatische sprong zat hij weer op zijn Morini. Hij drukte de koppeling in en scheurde op één wiel weg.

6 FILOMENA BELPEDIO 19.53 UUR

Filomena Belpedio concludeerde dat het leven haar weinig had gegeven.

Had het haar een gezin gegeven waarop ze kon rekenen? Nee.

Eigenlijk ben ik zo eenzaam als een hond. Mijn man woont in een andere stad. Hij heeft een andere vrouw. Tien jaar jonger dan ik. Mijn zoon is weggegaan. Die woont in Los Angeles. Hij wilde regisseur worden. Hij is nu ober in een Italiaanse pizzeria.

Had het haar een baan gegeven waarvan ze kon bestaan? Nee.

Mijn laatste baan als verkoopster van levensverzekeringen is inmiddels een verre herinnering. En omdat ik geen enkel speciaal talent heb, weet ik absoluut zeker dat ik geen andere baan zal vinden. En bovendien heb ik de fut niet meer om her en der te gaan bedelen om een baantje.

Had het haar schoonheid gegeven? Nee.

Ik ben oud en oerlelijk. Met die vlasharen. Met die mond zonder lippen. Met die gele, vette huid. Als ik er maar een beetje behoorlijk uitzag, kon ik nog gaan tippelen. Dan zou ik zo in mijn levensonderhoud voorzien. Geen probleem. Niks valse schaamte.

En wat had het haar dan wel gegeven? Niets. Helemaal niets.

Nee, dat is niet waar. Je hebt dit flatje.

Het appartement was het enige wat ze nog had. Dat appartement dat ze niet meer kon betalen. Dat appartement in het luxueuze Woonpark van de Eilanden. Het rustigste en vredigste woonpark aan de Via Cassia.

Ze keek naar buiten.

Naar de verlichte ramen van gebouw Capri. Daar was iedereen gelukkig. Gezinnen, mensen die geloofden in de toekomst. Allemaal zorgeloos. Allemaal aan het eten, feesten, klaar om de champagne te ontkurken, te drinken op het nieuwe jaar. Op toekomstige successen.

Op een balkon zag ze een oude man en een jongetje die door een verrekijker naar het vuurwerk in de lucht keken.

Dat familietafereeltje maakte haar misselijk.

En jij, liefje, wat heb jij te vieren? Wat verwacht jij van het nieuwe jaar?

Nou... Misschien... Ik zou... Nee! Geen sprake van. Niets. Helemaal niets. Jij hebt je portie stront al gehad, sterker nog, je hebt schromelijk overdreven, je hebt je er tot barstens toe mee gevuld. Je bent nu vol. Dus is het zo wel genoeg.

En ze voelde zich niet eens verdrietig. Ze bekeek de dingen alleen maar rationeel.

Men stelt vast.

De vreugde van een anatoom.

Om middernacht zou het jaar voorbij zijn. En dan zou er een nieuw jaar beginnen. Beslist nog erger dan het voorgaande. En Filomena had geen zin om te hopen, noch om bang te zijn.

Vermoeid stond ze op van de bank en slofte op haar pantoffels naar de keuken. Ze trok het keukenkastje onder de gootsteen open en haalde er een plastic zak uit. Ze pakte een fles Coca-Cola light uit de koelkast en een glas en liep terug naar de woonkamer. Ze zette alles neer op de salontafel voor de bank. Ze nam de glazen schaal met de oude honingsnoepjes, die ze in de prullenbak gooide. Ze ging zitten. Ze pakte de afstandsbediening en bracht de televisie tot leven.

Mara Venier, Drupi, Alba Parietti en Fabrizio Frizzi presenteerden het programma *De lange oudejaarsavond*.

'Wat verwacht jij van het nieuwe jaar, Drupi?'

‘Nou, uh... Misschien dat de mensen wat rustiger en relaxter worden. Dat ze minder haast hebben, minder als bezige bijtjes in de rondte zoemen. Weet je, Maria, ik heb een neef die dood is gegaan door stress...’ zei Drupi.

Filomena haalde intussen medicijndoosjes uit de zak.

Rohypnol. Halcion. Lorazepam. Nirvanil. Valium.

Ze maakte de doosjes open, haalde de pillen eruit en gooide ze in de soepterrine.

Zoals je erwten dopt.

Ze vulde de soepterrine tot de helft. Toen zette ze het volume van de tv hoger, schonk wat cola in, legde haar voeten op de salontafel, zette de soepterrine tussen haar benen en begon de pilletjes op te peuzelen alsof het popcorn was.

7 ADVOCAAT RINALDI — 20.00 UUR

Advocaat Attilio Rinaldi lag, weggezakt in de grote leren bank van zijn werkkamer, te masturberen voor de televisie.

De president van de Republiek was zojuist begonnen aan zijn oudejaarstoespraak.

Dat masturberen was een voorzorgsmaatregel die hij graag toepaste als hij Sukia ging ontmoeten.

Dat meisje maakte hem letterlijk gek en de laatste keer dat ze elkaar hadden ontmoet, was hij meteen klaargekomen. Een kwestie van een paar minuten. Behalve dat het weinig bevredigend was, was het ook een behoorlijke afgang geweest.

Dus beter maar van tevoren lozen!

Ze zouden de hele nacht samen doorbrengen en hij wilde zijn kruit niet meteen verschieten. Hij had zijn zaakjes goed geregeld voor deze oudejaarsavond. Maandenlang had hij plannen gemaakt voor deze nacht vol vuurwerk. En nu was het eindelijk zover.

Hij had oesters en champagne voor haar gekocht. Hij had alle telefoons en faxapparaten uitgezet. Hij had alle luiken neergelaten. Alle lichten uitgedaan.

De favoriete sport van de bewoners van dat stomme Woonpark van de Eilanden was bij anderen naar binnen gluren. Vervloekte voyeurs.

Terwijl hij daar zo zat, hoofd achterover, broek naar beneden, snikkel in de hand, praatje van de president in zijn oren, begon het mobieltje te rinkelen in zijn colbertje.

'Ahh!! Wie nou weer?' blies hij geïrriteerd terwijl hij zijn zelfbevredigende handeling staakte.

Ik neem niet op!

Maar als het Sukia was die het adres niet kon vinden?

Hij nam op.

'Hallo?!'

'Hallo Attilio!'

Neeeee, mijn vrouw...

Al het werk dat hij tot dan toe had verricht verschrompelde binnen één seconde in zijn hand.

'Hallo, schat?! Hoe is het met je?'

'Gaat wel... En met jullie?'

'Prima. Paolo wilde vandaag niet skiën. Hij is thuisgebleven. Hij zegt dat hij niet wil skiën zonder zijn papa. Andrea wil dolgraag nieuwe moonboots, van die bonten...'

'Is er sneeuw?'

'Heel veel. Alleen jij ontbreekt nog... Mijn moeder is er ook.'

Zelfs die oude sufdoos. Vreselijk!

'Ah! Wat heerlijk... Ik mis jullie ook heel erg. Ik kan niet wachten tot ik jullie weer zie...'

'Hoe is het weer in Cagliari?'

'Mwah... gaat wel. Bewolkt,' mompelde de advocaat.

'En hoe is het congres?'

'Dodelijk saai... Doe de hartelijke groeten aan je moeder,

Paolo en Andrea en wens ze allemaal een gelukkig nieuwjaar van me... Ik moet nu echt ophangen.'

'Goed, lieverd. Jij ook een gelukkig nieuwjaar. Ik mis je heel erg... Ik hou van j...'

'Ik ook van jou. Ik ook van jou. Maar ik moet nu echt gaan. Advocaat Mastrantuono is hier... Tot overmorgen in Cortina. Dag schat.'

Hij verbrak de verbinding en vloekte.

Nu moest hij helemaal opnieuw beginnen.

8 — 20.10 UUR

Advocaat Rinaldi was niet de enige die televisie keek. Alle bewoners en hun gasten zaten voor hun toestellen en het was gek om te zien dat het Woonpark van de Eilanden zich leek te ontspannen tijdens dat halve uur dat de toespraak duurde, ernstig en meditatief werd. Bij het opmaken van de balans van het jaar dat eindigde, en de hoop die gevestigd werd op het nieuwe jaar, werd iedereen kalm. Men zat en luisterde. Ook het vuurwerk nam af, en alleen Michele Trodini ging op het balkon onverstoorbaar door met het afschieten van rotjes. Zijn vader en opa zaten aan tafel worst te eten en te schelden op de president. Zijn moeder luisterde in de keuken met een half oor mee, maar was vooral bezorgd over de kaastaart in de oven die niet wilde rijzen.

Ook in het grote penthouse van notaris Rigosi, op de bovenste verdieping van gebouw Capri, dromden alle gasten, met een glas fragolino in de ene hand en een toastje met wildzwijnpaté in de andere, voor het Nordmende-megascherm samen en leverden commentaar op de woorden van de oude president.

Het meest indrukwekkende was dat die oude dwaas een facelift had ondergaan waardoor hij veranderd was in een soort Egyptische mummie. Ook de kleur van zijn das, die niet paste bij zijn jasje, was onderwerp van kritiek.

Blauw en bruin, dat vloekt!

Cristiano Carucci had in zijn bunker achter de keuken van de portierswoning zijn kleine zwart-wittelevisie aangezet en vloekte. Hoe kon die hufter zeggen dat de Italianen zich inspanden om de ontwikkelingslanden te helpen?

Giulia Giovannini had, nadat ze de vloer van de woonkamer had gedweild, zich eindelijk aangekleed en stond groentesoep te maken. Ze zong 'Margherita' van Riccardo Cocciante en had het volume van de televisie op nul gezet.

Filomena Belpedio probeerde de president te volgen, maar het lukte haar niet. Haar oogleden werden zwaar als twee guillotines. Het kostte haar moeite ze open te houden en haar hoofd viel op haar borst.

Generaal Rispoli en zijn vrouw, beiden in de zeventig en bewoners van de eerste verdieping van gebouw Capri, lagen in bed en sabbelden zoals gewoonlijk op hun gepureerde groente. Ze keken naar een zwart-witfilm met Amedeo Nazzari op Rete Oro.

9 VISGRAAT — 20.15 UUR

Visgraat ging letterlijk uit zijn dak van gefrituurde courgettebloemen. Het lekkerste wat bestond.

Hij zat samen met al die portiers aan tafel en kon niet meer stoppen met zich volproppen. Dat was geen probleem. Mevrouw Carucci, Cristiano's moeder, had gebakken voor een heel weeshuis.

'Complimenten, mevrouw. Ze zijn echt heerlijk... Maar waar

is uw zoon eigenlijk?' vroeg hij met volle mond aan de portierster.

'Die is op zijn kamer. Hij zei dat hij zich niet lekker voelde. Ik begrijp het niet, hij is zo op zichzelf. Waarom ga je hem niet een bordje brengen? En probeer hem dan meteen over te halen om hier bij ons te komen zitten.'

'Dat is goed, mevrouw. Ik ga meteen.'

Wat vond Visgraat het fijn om galant te zijn.

En bovendien was Cristiano's moeder lang niet mis. Met die sensuele, volle mond. Ze moest in haar jeugd een hele stoot zijn geweest.

Wie weet...

Nadat hij zijn reusachtige honger had gestild met al die heerlijkheden, groette hij alle portiers die naar de president op de televisie keken en klopte met het bord courgettebloemen in zijn hand op de deur van zijn vriend.

'Wie is daar?' hoorde hij aan de andere kant van de deur brullen.

'Ik ben het.'

'Wie is ik?'

'Visgraat. Doe eens open.'

Hij ging naar binnen. Cristiano was nog in pyjama en lag op zijn bed met een kleine televisie tussen zijn benen.

Hij leek wel een gevangene.

'Hé, ouwe *homeboy*, wat is er met jou aan de hand? Gaat het niet goed?' vroeg hij aan Cristiano terwijl hij het bord op bed zette.

'Ik heb een diepe, diepe depressie, verdomme. Ik wist het wel. Nog erger dan met Kerstmis. Heb ik altijd op feestdagen.'

'Rustig maar. Ik zal wel voor je zorgen. Hier is de toverkoning. Met cadeautjes...'

Visgraat trok zijn oranje Invicta-rugzak van zijn schouders. Hij maakte hem open en haalde er een gevuld plastic zakje uit.

Hij hield het onder de neus van zijn vriend.

'Hasj?'

'Calabrese! Een bom. Vanavond gaan we onszelf eens goed ziek maken, beste Cristiano. Ik ben er helemaal klaar voor.'

'Nee, ik heb geen zin. Ik word altijd heel bang als ik joints rook. Dan ga ik denken aan alles wat ik moet doen en...'

'Niet met dít spul. Ik zweer het je. En moet je eens kijken. Kijk eens wat ik hier heb.'

Visgraat haalde twee lange donkere stompkaarsen uit zijn Invicta.

'Wat zijn dat in godsnaam?'

'Dynamiet! Echt dynamiet. Explosief! Spul waarmee je een gebouw van tien verdiepingen kunt opblazen. We moeten het om middernacht laten ontploffen. We zouden ze in het irrigatiekanaal achter het buurthuis kunnen gooien. Ik wil een knal die de mensen zich nog jaren later herinneren. Zo'n harde knal dat al die stakkers met hun kleutervuurwerk voor paal staan.'

Visgraat had die welbekende toon van glibberige betweter aangenomen die Cristiano zo haatte.

'Je bent niet wijs! Jij denkt ook nooit na. Stel je voor dat het in je hand ontploft... En trouwens, van wie heb je het gekregen? Dat spul is verboden.'

'*Top secret*. *Top secret*. En kleed je nu maar aan, dan rol ik alvast een forse verkwikkende joint voor je. We hebben nog veel te doen vannacht.'

10 ENZO DI GIROLAMO 20.18 UUR

Enzo Di Girolamo, de vriend van Giulia Giovannini, had zijn donkerblauwe Cherokee achtergelaten op de parkeerplaats van het woonpark en liep op zijn gemak en in gedachten verzonken tussen de bomen op het pleintje dat gebouw Ponza scheidde van gebouw Capri.

Hij was tevreden.

Het ging hem voor de wind.

Hij was een efficiënte manager. Een econoom met ballen.

Die ochtend was het hem gelukt een stuk van groot belang af te schrijven. Uniek. Een rapport over de situatie en de ontwikkelingen van het midden- en kleinbedrijf in Zuid-Ciociaria. Hij had er zes maanden aan gewerkt. Een rapport dat hem volgend jaar beslist naar de top van het IRI, het instituut voor industriële opbouw, zou voeren.

En bovendien lag hij goed bij de vrouwen.

Hij lag goed bij Giulia. Hij lag goed bij Deborah.

Dat kwam zeker door zijn rustige en tegelijkertijd zelfverzekerde uitstraling, die ervoor zorgde dat de dames als slakken aan hem kleefden.

Wie zou het zeggen? Hij lag goed, dat was het belangrijkste.

Hij vroeg zich af of hij verliefd was op Debby.

Hij miste haar nu al. Die heimelijke ontmoeting had hem veel goed gedaan. Had hem opgeladen. Nu had hij genoeg brandstof om de hele avond door te komen, inclusief feest en liefdeskomedie met Giulia.

Het moment was aangebroken om er eens over na te denken. Over al die vrouwen. En vooral was het moment aangebroken om zijn volgende sentimentele strategie te bepalen.

Moest hij gaan praten met Giulia?

Haar zeggen dat hij van haar af wilde? Haar zeggen dat hij een relatie had met haar beste vriendin? Eerlijk zijn?

Nooit.

Dat nooit.

Er waren slechts twee mogelijkheden.

Als de slimme econoom die hij was, overwoog hij wat de belangrijkste factoren van beide hypotheses waren.

Hypothese A: weggaan bij Giulia.

Dan heb je de hele nacht ruzie. Krankzinnige scènes. Je riskeert zelfs een paar klappen. Die vrouw heeft zich overdreven aan mij vastgeklampt (telkens wanneer we neuken blijft ze maar monotoon fluisteren: ikhouvanje, ikhouvanje... En dat vind ik niet prettig!). Je moet weg uit een comfortabel huis. Je moet verhuizen. Je wapens en koffers pakken en naar Debby gaan (weet je wel zeker dat ze je in huis neemt?), naar dat donkere eenkamerappartement in Trastevere, alle vrienden van Giulia vinden je een klootzak, je moet een nieuwe vriendenkring opbouwen (heel moeilijk!), Debby troosten, want die zal zich beslist een bitch voelen omdat ze de man van haar beste vriendin heeft afgepakt, je moet weer een ander telefoonnummer nemen en bovenal: nooit meer klaarkomen tussen Giulia's tieten...

Hypothese B: niet weggaan bij Giulia.

Je houdt dan twee vrouwen, met alle nadelen van dien qua tijdsdruk en verplichtingen; dan zegt Debby dat je een man zonder ballen bent, je neukt er twee in plaats van één (negatief of positief?)...

Waarom betoverde Deborah hem zo?

Ze was minder mooi dan Giulia. Minder opvallend. Minder extravert. Met een anorectisch lijfje. Ze kon niet koken, had minder geld dan Giulia, had die stinkende katten, en toch... En toch had Enzo nog nooit zo'n vrouw gekend. Met zo veel hersens...

Een scenarioschrijfster.

Een vrouw die nadenkt over serieuzere zaken dan cellulitis, nagellak of de kleur van de keukenkastjes. Een vrouw die weet wie Hermann Hesse en Milan Kundera zijn.

Hij opende de glazen voordeur van het appartementengebouw en stapte in de lift.

Wat heeft Giulia dan eigenlijk wat niet goed is?

Ze is dom. Ondraaglijk dom. Ze heeft al met al drie boeken gelezen. Susanna Tamaro en De stad der vreugde. *En bovendien is ze zo grof... Assistente bij een lokale Romeinse tv-zender. Met die grote tieten. Dat geverfde haar. Die dikke lippen.*

Onder de indruk van die vergelijking tussen de twee vrouwen, deed hij de voordeur open. Hij merkte zelfs de geur van verbrande alcohol niet op. Hij trok zijn jas uit, hing die aan de kapstok liep de keuken in. Hij had zijn aktetas nog in zijn hand.

Giulia was plakjes gerookte zalm aan het rangschikken op een langwerpige Vietri schaal.

'Ik ben er. Eindelijk. Dag mooie, lieve schat...' zei hij en gaf haar een kus in haar hals terwijl hij een stukje vis van het bord pikte. Hij stak het in zijn mond.

'Wat heb je gedaan?' vroeg Giulia, terwijl ze het gat dat hij had veroorzaakt dichtte met een nieuw plakje.

'Het werd laat. Maar het jaarverslag voor het IRI is af. Je hebt geen idee wat een klus dat was... Maar ja, zoiets is wel heel belangrijk... Als ik het niet doe... Ik leg even mijn tas in de studeerkamer en dan kom ik je helpen...' antwoordde hij met volle mond, en verdween in de woonkamer.

'Haast je maar niet, hoor. Rust maar lekker uit. De anderen komen zo. Wil je iets drinken, schat?' riep ze naar hem.

'Ja lekker, liefje. Prosecco graag.'

Zie je hoe ze zich vanavond heeft toegetakeld? zei Enzo huiverend en ineengedoken. *Heb je die verschrikkelijke jurk gezien, waar haar blote borsten uitpuilen? Gênant gewoon. Genoeg! Vanavond vertel ik het haar. Na het feest. We zien wel wat ervan komt. Ik kan niet langer bij haar blijven.*

Het is nu genoeg.

Er begint een nieuw jaar!

Toen Enzo thuiskwam was Giulia Giovannini bezig de zalm op de schaal te leggen. Ze zag hem voor zich staan. Met die aktetas in zijn hand en die losgetrokken stropdas. Die glanzende ogen als van een schattige puppy en kapot van het harde werken, en ze haatte hem volledig, definitief en compleet.

In haar hart was plaats voor niets anders.

Ze had die man alles gegeven wat ze bezat, haar liefde, haar huis, haar vertrouwen, en hij had er zijn kont mee afgeveegd.

En de vorige avond had die klootzak erop aangedrongen dat ze hem pijpte en alles doorslikte en dat had ze gedaan, ondanks haar afkeer daarvan. Voor het eerst in haar leven. Uit liefde had ze zijn verrotte spermatozoïden verdragen.

Gadverdamme!

Ze spuugde in de gootsteen.

En wie dacht hij wel dat hij was, die klootzak...

Jaarverslag voor het IRI. De hele dag gewerkt. Als ik het niet doe...

Donder toch op, leugenaar. Laf stuk stront.

'Haast je maar niet, hoor. Rust maar lekker uit. De anderen komen zo. Wil je iets drinken, schat?' zei Giulia terwijl ze gewoonste stem van de wereld probeerde op te zetten.

'Ja lekker, liefje. Prosecco graag!' hoorde ze hem zeggen.

Met een valse glimlach om haar lippen haalde ze de fles uit de koelkast en vulde een glas. Vervolgens pakte ze een doorzichtig flesje uit een la.

Guttalax.

Uitbundig lachend goot ze de helft in het glas prosecco.

Het hele gedoe van oudejaar liet Roberta Palmieri volkomen koud.

Ze woonde op de eerste verdieping van gebouw Ponza.

Ze was aan het mediteren. Naakt. In lotushouding. Ze ontdeed zich van stress. Verruimde haar geest.

Ze verwachtte bezoek.

'Dit is niet meer dan een van de vele domme sociale conventies. Een van de vele producten van deze domme consumptiemaatschappij. Je moet eraan geloven met kerst, met Driekoningen en zelfs met oud en nieuw. Conventies. Niet meer dan conventies. Rust en vreugde vind je alleen in de meest verborgen uithoeken van je geest. Daar is het altijd feest, je hoeft alleen de deur maar te vinden om er binnen te kunnen gaan,' had ze een paar dagen daarvoor tegen Davide Razzini gezegd, tijdens een bijeenkomst voor tantrameditatie, georganiseerd door de Vereniging Vrienden van de Plejaden.

Ze had voor die jongen iets gevoeld wat ze empathie, versmelting had genoemd, en daarom had ze hem uitgenodigd om op 31 december bij haar thuis te komen.

'Ik weet niet of ik kan... Ik heb een diner, snap je... Familie, dat soort dingen...' had Davide verlegen gestameld.

'Hè toe, je moet komen. Ik voel me heel sterk tot je aangetrokken. We zouden seks kunnen hebben. Onze essenties laten samensmelten. Ik heb tijdens een cursus van goeroe Rawaldi in Californië de technieken geleerd om de vier kosmische orgasmes te bereiken. Die van water, van vuur, van lucht en van aarde.'

Davide had de uitnodiging onmiddellijk aangenomen.

Roberta was klaar met mediteren. Ze hulde zich in een Balinese sarong en begon met de voorbereidingen van een maaltijd op basis van geitenmelk, komkommer en Griekse feta. Uit de stereoboxen klonk gehuil dat leek op het gekerm van pasgeborenen.

Het was een cassettebandje met de klanken van orka's uit Alaska, gemixt met de wind van de Russische steppe.

Ze zette de aardewerken kommetjes midden op de kleine ebbenhouten tafel en stak twee enorme Marokkaanse kaarsen aan.

Alles was gereed.

Ze voelde zich ontspannen en haar karma was goed.

Alleen Davide ontbrak nog.

13 THIERRY MARCHAND 20.45 UUR

Thierry Marchand zat in de kleine loge van de vipzaal van De Weerwolf.

Hij was dronken.

Ze hadden hem van top tot teen verkleed. Hij droeg een rokkostuum met donkerblauwe pailletten. Op zijn hoofd een minuscule hoge hoed van rood karton die met een elastiekje om zijn kin was gebonden. Tussen zijn benen klemde hij Régine, zijn harp. Voor hem stonden een stuk of twintig gedekte tafeltjes met een kaars erop. De muren en het plafond waren versierd met kleurige papieren slingers. De betalende gasten, ook zij getooid met hoedjes, schreeuwden, floten en gooiden met confetti. De obers in hun kostuums met kasjmiermotief hadden het voorgerecht al opgediend.

Oesters met rucola en grof geraspte Parmezaanse kaas.

Thierry hoorde al die drukte in de verte.

Het geluid van het bestek. Het gebabbel. Het overdreven gelach.

Het zijn net tropische vissen in een aquarium.

Hij zag die verre ogen die hem bekeken, en had op zijn beurt zijn lippen in een stompzinnige glimlach gefixeerd.

In zijn hart was echter een Russische winter neergedaald en diep in zijn keel had zich, als een parasiet, een dikke prop genesteld.

Zo slecht had hij zich in jaren niet gevoeld.

Kijk toch eens hoe ik eraan toe ben! Verkleed als clown. Ik, een groot Bretons musicus. Als een hond zo alleen op deze kloteplek. Ik heb geen vriend, ik heb niets...

Hij begon de harp te strelen.

Hij voelde dat hij het eindstation had bereikt.

Die reis naar Italië was een regelrechte ramp geweest.

In juni was hij met zijn vrouw en driejarig dochtertje vertrokken uit Bunix, een dorpje in Bretagne. Met z'n drieën in een tot camper omgebouwd bestelbusje. Het idee was rond te trekken door Italië, wat geld te verdienen met harpspelen en daarna door te reizen naar India en daar te blijven. Zijn vrouw, een mooi meisje van zesentwintig jaar, was een goede moeder en hij wist zeker dat hij een goede vader was.

In het begin was alles vlekkeloos verlopen.

Thierry speelde in kleine folkzaaltjes, Annette bekommerde zich om de kleine Daphné, en het spaargeld, dat bestemd was voor India, werd bewaard in een jampot die ze verstopt hadden in de motor.

Toen was Thierry weer begonnen met drinken. 's Avonds, na zijn optredens, verbraste hij zijn honorarium in bars. Stomdronken kwam hij terug bij de camper, stortte neer naast zijn vrouw die met de kleine meid in haar armen lag te slapen, en lag dan roerloos door het vieze raampje te kijken hoe de maan ronddraaide.

Waarom hij dronk?

Omdat zijn vader dronk en omdat zijn grootvader dronk en omdat zijn hele dorp dronk. En verder omdat hij vanbinnen voelde dat als hij iets meer in zichzelf had geloofd, hij misschien beroemd had kunnen worden, een plaat had kunnen opnemen. Maar nu was hij vijfenveertig en woonde hij in een lullig bestelbusje dat olie lekte. En al die mooie verhalen aan zijn vrouw, over het leven *on the road*, over de vrijheid van de weg, konden hemzelf niet meer overtuigen.

Toen had Annette op een dag het jampotje opengemaakt en gezien dat het leeg was. Ze was met hun dochtertje weggegaan. Ze was niet eens boos geworden, ze was gewoon weggegaan.

Thierry was in zijn eentje door Italië blijven rondtrekken, vrij nu om zijn lever in alle rust te vernielen. Hij was harp gaan spelen op straat. Op pleinen, op markten. Voor een paar centen.

Zelfs met Kerstmis heb je haar niet gebeld...

Nu, in het vipzaaltje van De Weerwolf, moest hij bijna huilen.

Hij probeerde zich te beheersen.

Hij pakte de microfoon.

'Goedenavond allemaal. Excuseer me voor mijn Italiaans... Hoe gaat het ermee? Zijn we klaar voor een jaar vol...? Vol...? Natuurlijk: vol van de drie g's. Dat zeggen ze in mijn land altijd. Je hebt in het leven de drie g's nodig. Weten jullie niet wat de drie g's zijn? Kom op! Het is makkelijk. Weten jullie het niet? Oké, dan zal ik het jullie vertellen. Geld! Geilheid! En geluk!'

Zwak applaus van het publiek.

'Kom op, ik kan jullie niet horen, ik wil een volmondig ja horen. Goed zo. Harder! Nog harder! Heel goed. Jullie zijn geweldig.'

14 GAETANO COZZAMARA 20.57 UUR

Gaetano Cozzamara, oorspronkelijk afkomstig uit Nola, was achtentwintig, had een haakneus, twee kooltjes in plaats van ogen, een ravenzwart staartje, zúlke schouders en droeg maatpakken van Caraceni.

Hij was een professionele begeleider. Een gigolo. Plat gezegd: een hoer voor rijke dames.

Hij wist hoe hij zich moest gedragen. Hij was onderhoudend.

Handkus. Vastberaden handdruk. Open glimlach. Vlotte babbel. Hij was zijn scherpe Nolese accent kwijtgeraakt en had een zachte zuidelijke intonatie overgehouden. Dat alles had hem moeite gekost. Hij had moeten lezen en leren. Weten wie Freud, Darwin, Tambelli en Moravia waren. Hij had geleerd hoe hij de mensen kon herkennen aan de snit van hun kleren en de kleur van hun sokken.

Die ochtend was hij om half acht gewekt door het rinkelen van de telefoon.

Het waren zijn oude voetbalmaten van de Nola Sporting Club.

Wat willen die? had hij zich slaapdronken afgevraagd.

Hij had ze al vijf jaar niet meer gezien.

Gaetano was drie seizoenen lang een onvermoeibare aanvallende verdediger geweest, geliefd door zijn team en de supporters. Toen hij had besloten zijn leven te veranderen, naar Rome te gaan om zijn levensstijl te verbeteren, hadden er tranen gevloeid in het dorp en in het stadion.

Nu was het hele team, met trainer Aniello Pettinicchio, masseur Gualtiero Trecchia en drie bussen vol supporters, in Rome om op 2 januari een vriendschappelijke wedstrijd tegen voetbalclub Casalotti te spelen.

Ze wilden hem per se zien.

Ze waren expres eerder gekomen om samen met Gaetano oudejaar te vieren. In het dorp deed het gerucht de ronde dat hij omging met de crème de la crème van de Romeinse society, dat hij was doorgedrongen tot de hoogste kringen – de juiste kringen – van televisie en film.

Hij was een kleine lokale mythe.

'Gaetano! We zijn er allemaal. Allemaal. Onze hele tribune. Je moet ons meenemen... Naar de feesten. We willen Alba Parietti zien. Is het waar dat je ook bevriend bent met Alberto Castagna?' had de aanvoerder van het team, Antonio Scaramella, gevraagd.

Het koude zweet was Gaetano uitgebroken.

Die avond was hij uitgenodigd op een superexclusief feest van gravin Scintilla Sinibaldi dell'Orto.

Geen sprake van...

Hij had het enthousiasme van Scaramella getemperd.

Hij had hem uitgelegd dat hij Castagna inderdaad een paar keer had ontmoet, maar dat ze elkaar alleen maar oppervlakkig kenden en dat zijn verhouding met Alba niet meer was als voorheen. En vervolgens had hij excuses uit de kast getrokken. Het ene na het andere.

'Jullie hadden me eerder moeten waarschuwen, jongens. Ik ben vanavond echt bezet. Ik kan echt niet. Het spijt me enorm, eerlijk waar. Het is een privéfeest. Bij een gravin thuis. En er komen zelfs een paar ministers. Misschien morgen. Dan neem ik jullie mee op sleeptouw, dan gaan we naar het Colosseum en de Sint-Pieter...'

Scaramella had gemompeld dat hij het begreep. Ministers. Gravin. Hoge lui. De anderen zouden het jammer vinden. Maar het gaf niet. Hij wilde toch graag het adres doorgeven waar het team logeerde: Pensione Italicus, Via Cavour 365.

Gaetano had de hoorn neergelegd en een zucht van verlichting geslaakt.

Ik ben ontsnapt aan een nachtmerrie!

De hele dag had hij zich echter een schoft van de bovenste plank gevoeld. Maar hij moest werken. Hij kon ze echt niet meenemen. Ze zouden zich zonder hem ook prima vermaken. Rome stikt van de gelegenheden waar je oudejaar kunt vieren.

Ze mogen me niet storen...

's Middags was hij onder de zonnebank en bij de manicure geweest en was hij ze vergeten. Hij had zijn Porsche uit de garage gehaald en was over de Via Cassio naar het Woonpark van de Eilanden gereden.

De bewaker had hem verteld dat gravin Sinibaldi d'Orto in het penthouse van gebouw Ponza woonde.

Hij was nog nooit bij de gravin thuis geweest. Eerlijk gezegd kende hij haar pas net. Ze hadden elkaar ontmoet bij een vernissage in een kunstgalerie. Hij wist dat ze erg rijk was. Erg mondain. Erg *en vogue*.

Ze was aan hem voorgesteld door Rosetta Interlenghi, een jonge weduwe die hem in de vipwereld had geïntroduceerd.

'Ik zal u bellen. Ik zal u bellen. Voor oudejaar. Ik geef een feest... Iets rustigs onder vrienden.'

Twee dagen later had ze hem gebeld.

Ze had gevraagd of hij vroeg wilde komen. Eerder dan de anderen. Ze wilde hem haar schilderijencollectie laten zien.

De gravin had geen appartement maar een heus paleis. Kristallen kroonluchters. Moderne schilderijen. Zilverwerk in overvloed. Perzische tapijten. Een overdadige luxe.

Hordes bedienden in uniform dekten de lange tafel.

Toen Gaetano haar weer zag, merkte hij op dat de gravin oerlelijk was. Ze leek wel een neanderthaler in feestkleding. Ze moest minstens zeventig zijn. Ze had alles aan zich laten verbouwen. Alles opgetrokken wat opgetrokken kon worden.

Gadverdamme! dacht hij walgend.

En hij begreep meteen dat dat van die schilderijen een regelrechte smoes was. Dat zij iets anders van hem wilde. Dat zij het nieuwe jaar groots wilde ingaan.

Wat moet ik allemaal doorstaan om te kunnen leven...

Ze was al aangeschoten en keek naar Gaetano zoals een diabetisch kind naar een ijstaart kijkt. Ze sloop als een kat om hem heen met dat glas ginfizz in haar hand.

'Gaetano, wat ben je mooi... Kom hier maar zitten, hier, naast me...' had de gravin gezegd terwijl ze neerplofte op de donkerblauwe velours bank en die schriele, houtige benen over elkaar sloeg.

Drie afgrijselijke hondjes drentelden om haar heen en gromden tegen Gaetano.

Hij was keurig gaan zitten. Zij had haar bovenbenen op de zijne gelegd.

Hij had zich afgevraagd waar zijn dorpsgenoten nu zouden zijn. Hij had het helemaal niet erg gevonden om de avond met hen door te brengen.

'En wat ben je mooi gekleed... Dat pak staat je fantastisch! Wat een mooie das... Luister, ik zat te denken. We zouden met Driekoningen samen naar Palma kunnen gaan. Dat is een verrukkelijk stadje op Mallorca. We zijn daar uitgenodigd door markies en markiezin Sergie. Ze hebben een schitterende villa...'

'Ben ik daar ook uitgenodigd?'

Gaetano werd beslist niet enthousiast bij dat idee. Hij kende de Sergies. Ze waren allebei minstens over de honderd. Twee ondraaglijke zeurpieten.

'Natuurlijk, *bello*,' had de gravin gezegd terwijl ze haar glas leegdronk.

Ze had het meteen weer gevuld, ze had haar arm uitgestrekt en met die gelakte klauwen in zijn bovenbeen geknepen.

'Luister, Gaetano. Loop even mee naar mijn slaapkamer, ik wil je iets laten zien...' had ze gezegd met ogen als van een leeuwin ten prooi aan een hormonale storm.

Ook dat nog... had Gaetano bij zichzelf verzucht.

Hij had haar bij de arm moeten houden. Ze kon niet meer op haar benen staan.

Hoeveel heb je er al op, ouwe geile zuiplap?

In de slaapkamer had zij zich met haar volle gewicht op bed

laten vallen, zich in slow motion omgedraaid en met schorre stem gekweeld: 'Laten we het doen! Laten we het nu meteen doen, Gaetano. Ik heb er zin in. Ik wil dit jaar op de mooist denkbare manier afsluiten.'

'Nu? Meteen? Maar... De gasten kunnen zo komen, gravin...' had Gaetano gemompeld, terwijl hij pijnscheuten in zijn maag voelde.

'Wat kan ons dat schelen... Ik betaal je. Kleed je uit. Ik wil zien hoe je er onder je kleren uitziet...'

Tering nog aan toe. Tering nog aan toe. Klotetering nog aan toe.

Hij had alles uitgetrokken. Behalve zijn onderbroek.

'Nou? Waarom trek je die niet uit?'

Die had hij ook uitgetrokken.

'Gaetano wat ben je mooi. Nu moet jij mij uitkleden. Alsjeblieft, zelf kan ik het niet...' had zij gebromd.

Gaetano was aan de rits van de Ferragamo-jurk gaan rukken, die niet open wilde. De gravin werd als een lappenpop heen en weer geschud. De drie keffertjes speelden ondertussen met zijn Caraceni-broek.

'Rotbeesten! Jullie vernielen mijn broek!'

'Laat ze toch... Spele... Spe...' had zij gezegd en was bewusteloos in Gaetano's armen gestort.

Verdomme! Ze is krankzinnig! Ze is krankzinnig!

Hij had zijn oor op dat oude kippenborstje gelegd. Het klopte. Goddank, het klopte.

Ze was alleen maar stomdronken.

Nu, nadat hij het stoffelijk overschot had neergelegd en de drie keffertjes een rotschop had gegeven, kleedde Gaetano zich snel aan.

Mooi! Ik ga ervandoor, zei hij in zichzelf. *Het is oudejaar. Dit is niet te geloven. Ik wil vanavond ook lol hebben. Ik bel Scaramella en ga meteen naar ze toe. Hopelijk zijn ze nog in het pension.*

Hij pakte de hoorn van de telefoon naast het bed en toetste het nummer in.

Ze waren er. Ze waren er nog.

Super!

Terwijl hij wachtte om te worden doorverbonden met de kamer van Scaramella, kreeg hij opeens een geniaal idee. Absoluut geniaal. Een idee dat van hem de populairste man van heel Nola zou maken.

Zal ik het doen? Ja, ik doe het. Kan mij het schelen.

'Hallo? Met wie?' klonk de stem van Scaramella.

'Met mij. Gaetano!'

'Gaetano! Je belt ons toch?! Wat geweldig!'

'Wat ben je aan het doen?'

'Niks bijzonders... We wilden straks uitgaan en een trattoria of een pizzeria gaan zoeken om oudejaar te vieren. Kun jij ons niet een goedkope tent aanraden...'

'Hoezo pizzeria! Ik ga voor jullie zorgen, jongens. Ik geef een feest voor jullie. Helemaal voor jullie. In een penthouse aan de Via Cassia... Eén van de hotspots van de stad.'

'Woon jij daar?'

'Nou, niet echt... Maar luister goed, je mag alleen de jongens van het team meenemen. Denk erom! Tegen niemand anders zeggen, begrepen? Het is een heel exclusieve party. Ik verwacht jullie. In nette kleren. Laat me niet voor paal staan...'

Hij noemde het adres en hing op.

15 ANTONIO SCARAMELLA 21.00 UUR

Antonio Scaramella, spits en aanvoerder van Nola Sporting Club, legde de hoorn neer en wreef zich tevreden in de handen.

Op Gaetano kon je nog steeds rekenen.

Toen hij hem die ochtend had gebeld, had hij een beetje koel en afgemeten geklonken. Alsof hij zijn oude maten niet wilde zien en zich een air had aangemeten van iemand die het had gemaakt in de society.

Dat was niet waar.

Hij had zich vergist. Gaetano was nog steeds dezelfde vriend van vroeger.

Een feest!

Een exclusief feest in een penthouse aan de Via Cassia. Een feest van de Romeinse jetset.

Geen kleinigheid. Beslist geen kleinigheid.

Hij moest zich verkleden. Zich opdoffen. Ja, hij moest dat donkerblauwe pak aantrekken, met die zijden das in de clubkleuren.

'Wie was dat?' vroeg Gualtiero Trecchia, de masseur van het team, die zijn oksels stond te wassen boven de wastafel van hun kamertje in Pensione Italicus.

Een kamertje op de grens van wat een mens kan verdragen. Twee ingezakte bedjes. Kussens van paardenhaar. Niks televisie. Niks koelkastje met minibar. De stank van het Tunesische restaurant beneden die binnendrong in de kamer.

'Dat was Gaetano...'

'O! En wat wilde hij?' vroeg Gualtiero Trecchia terwijl hij zijn oksels met wc-papier afdroogde.

Ze hadden zelfs geen handdoeken gekregen.

Scaramella vroeg zich af of hij het wel aan Trecchia kon vertellen. Hij was veel te onbehouwen voor zo'n feest. Zo van de akkers geplukt.

Maar hij hoort wel bij het team, moest hij toegeven.

Een teamlid. Hij zou het zich te veel aantrekken. Hij moest het hem vertellen. Hij had geen keus.

'We gaan naar een feest. In de Via Cassia. Alleen wij van het team zijn uitgenodigd. Denk erom, je mag het tegen niemand zeggen.'

‘Geen zorgen. Ik zwijg als het graf,’ zei Trecchia met niet onbaatzuchtige solidariteit. Toen keek hij in de spiegel en vroeg: ‘Wat vind je, zal ik mijn snor afscheren?’

16 GAETANO COZZAMARA 21.02 UUR

Gaetano deed de deur van de slaapkamer van de gravin op slot.

Dat ouwe spook wordt toch pas morgenochtend wakker. Geen enkel probleem.

En hij liep naar de woonkamer terwijl hij de knoop van zijn das rechttrok.

De bedienden wachtten in hun witte uniformen op de gasten.

‘Alles in orde?’ vroeg hij terwijl hij de voorgerechten en de bladerdeeghapjes op de zilveren schalen inspecteerde.

‘Zeker, meneer! Het wachten is nog op de gasten. Wilt u alvast een bellini?’ antwoordde een oude grijzende bediende.

‘Heel graag!’

Hij pakte de cocktail aan en nam een slokje.

Heerlijk!

‘En de gravin? Zal ik haar iets brengen?’ vroeg de bediende.

‘Nee! De gravin is moe en voelt zich niet goed. Als er problemen zijn, kom dan maar naar mij toe!’ zei Gaetano kalm.

‘Heel goed, meneer,’ antwoordde de bediende onderdanig.

17 SUKIA 21.05 UUR

Patrizia Del Turco, alias Sukia, stapte uit de taxi, betaalde en liep met vastberaden tred door het hek van het Woonpark van de Eilanden.

Sukia was achtentwintig maar zag er jonger uit. Hooguit vijftien. Een schoolgaande puber.

Een broodmager lichaam, met minuscule borstjes onder een wit bloesje en een donkerblauw truitje met knoopjes aan de voorkant. Lange magere bokkenpootjes. Blond haar dat in twee vlechten op haar schouders hing. Op haar met sproeten bedekte wipneusje steunde een grote bril met metalen montuur. Ze droeg een doorzichtige plastic regenjas, een Schotse kilt, donkerblauwe wollen kniekousen en zwarte lakschoenen met veters. In haar hand klemde ze een oude aktetas van lichtbruin leer.

Ze vond het niet erg dat ze vanavond moest werken.

Ze gaf geen zier om Kerstmis en Pasen, laat staan om oudejaar.

Een dag als alle andere. Gewoon doorwerken.

Ze nam haar werk serieus.

Die avond had ze twee afspraken. Eerst met advocaat Rinaldi en daarna, tegen drieën, moest ze naar een lesbische orgie in de Via Prenestina.

Ze checkte of niemand haar zag en drukte toen op de bel van de intercom.

Haar klanten verlangden discretie.

Ze stapte in de lift, samen met een groep elegant geklede jongemannen. Ze sloeg geen acht op hun blikken die op haar benen gericht waren.

Op de tweede verdieping stapte ze uit en nam de trap naar de derde.

Ze was tevreden. Ze vond advocaat Rinaldi aardig. Hij was een perfecte slaaf op wie ze haar verschrikkelijke, ongebreidelde macht van meesteres heerlijk kon uitleven. Hij deed nooit moeilijk, kwam nooit in opstand, liet zich vernederen en straffen. Hij was al met al een traditionele perverseling. Voetfetisjist en liefhebber van bondage (vastbinden dus).

Misschien een beetje afgezaagd in zijn verzoeken, en hij kwam erg snel klaar.

Terwijl ze op de bel van het kantoor drukte, besloot ze dat de advocaat rijp was voor hogere en verhevener niveaus van vernedering.

Je moet het nieuwe jaar toch zeker goed beginnen?

18 VISGRAAT 21.08 UUR

Visgraat had zijn Reeboks uitgetrokken en dat was te merken.

Een sterke oergeur zweefde vrij door de kamer.

'We hebben vanavond twee mogelijkheden. Ik weet dat er bij Genzano een groot feest is én er is een feest op een boot op de Tiber...' zei hij terwijl hij zijn tweede joint draaide.

'Ben je uitgenodigd?'

'Nee!'

'Nee, natuurlijk niet. Dat kan ook haast niet. Volgens mij heb jij schurft of zo, een of andere besmettelijke ziekte... En wie geeft dat feest op de Tiber?' gaapte Cristiano.

'Geen idee... Een vriend van Marinelli, geloof ik. We vinden heus wel een manier om binnen te komen. Makkelijk zat. Ik ben al eens op die boot geweest. De vorige keer ben ik er via de trossen op geklommen...'

'Alsjeblieft... Stel je voor wat een ramp dat moet zijn: een feest van de vriend van Marinelli! Eikels in jasje-dasje en eikels die denken dat ze het helemaal gemaakt hebben. Ik schiet nog liever een kogel door m'n kop.'

'Goed, Cristiano. De boodschap is duidelijk. Vanavond ben je écht negatief.'

'Waarom donder je dan niet op?! Ik heb het hier prima naar mijn zin!'

'Nee, dat is niet waar, jij hebt het hier helemaal niet naar je zin. Denk maar niet dat je het drama kunt ontvluchten. Ik heb er lang over nagedacht, ik weet nu wat oudejaar is. Het is een monster. Ik zal het je uitleggen...' zei Visgraat terwijl hij naast Cristiano op bed ging liggen.

'Jezus, wacht even! Denk je soms dat je thuis bent? Je neemt het hele bed in beslag. En hou die moordwapens bij je!' zei Cristiano, vol afkeer wijzend op de voeten van zijn vriend.

19 DAVIDE RAZZINI 21.11 UUR

'Dus jij houdt wel van plakjes komkommer met yoghurt en gember?' vroeg Roberta Palmieri aan Davide Razzini, terwijl ze hem probeerde te voeren.

'Ja... heerlijk! Complimenten.'

Nooit eerder in zijn leven zoiets smerigs gegeten. En bovendien moest die meid wel knettergek zijn.

Die verwilderde ogen...

Davide zat in kleermakerszit op een kleed voor een laag tafeltje tegenover de newageheks.

Hij voelde zich niet op zijn gemak.

Ze was volslagen gestoord. Ze had een hallucinerend verhaal op hem afgevuurd. Over ufo's. Over het telepathisch contact dat je met buitenaardse wezens kunt oproepen op het moment van het orgasme.

Hij had er spijt van dat hij niet met Loredana, zijn vriendin, naar het etentje van de voetbalclub was gegaan.

Heel wat anders dan komkommer. Heel wat anders dan geitenmelk. Op datzelfde moment waren al zijn vrienden aan het feesten in restaurant De Gouden Leeuw, zich aan het volstoppen met spaghetti *all'amatriciana*, gevulde varkenspoten, linzen, aardappels uit de oven en lambrusco.

Wat doe ik hier verdomme?

Hij had zich laten verleiden door dat zo expliciete voorstel. Het was voor het eerst dat een vrouw hem bij zich thuis uitnodigde met het duidelijke en expliciete doel hem te neuken. En bovendien had dat verhaal over die vier orgasmes hem geïntrigeerd. Hij had toen al moeten weten dat ze ze niet allemaal op een rijtje had.

Wat ben ik stom geweest! verweet hij zichzelf.

'Vertel eens, Davide, waarom ben jij die cursussen Zelfkennis en Herontdekking van Jezelf eigenlijk gaan volgen?' vroeg Roberta, terwijl ze probeerde hem te voeren.

Ze was gevaarlijk dichtbij gekomen. Ze was zijn rug aan het strelen en keek hem strak aan.

'Nou... eigenlijk heb ik die cursus gewonnen bij een bingo op kantoor. Ik wist niets van meditatie of bewustzijn...'

Genoeg! Ik sta nú op en ik ga weg.

'Luister, ik moet nu echt gaan... Mijn moeder is zie...' zei Davide aarzelend en daarna kon hij niet verder praten.

Hij voelde zich raar.

Die ogen. Die ogen hadden iets raars. Die trokken hem aan als twee magneten.

Davide raakte gedesoriënteerd, bedwelmd door die ogen.

Weg. Weg. Weg. Ga weg.

Hij stond op en probeerde haar niet aan te kijken. Zijn benen voelden als van was.

'Waar ga je heen?' bestookte Roberta hem.

'Sorry... echt... Ik moet gaan. Ik bedenk me net dat ik mijn moeders zuurstoffles niet heb verwisseld. Ik moe...'

'Ga zitten!' beval zij.

Davide verbaasde zich erover dat zijn benen en de rest van zijn lichaam gehoorzaamden aan dat heksenbevel.

'En kijk me nu aan!'

Davide kon niet anders dan haar aankijken.

20 MICHELE TRODINI 21.12 UUR

Michele Trodini zat met de hele familie aan tafel. Hij at zijn lasagne automatisch, zonder de smaak ervan te proeven. Hij hoorde het gebabbel van de familie niet eens.

Zo nu en dan wierp hij een blik uit het raam, naar de lucht. Vuurwerk hulde de grote donkere regenwolken in purper.

Hij was opgewonden.

Zijn hoofd was gefocust op het uur U. Middernacht. Het uur waarop de hele bliksemse zooi die hij onder zijn bed had verstopt, zou ontploffen. Die vuurpijltjes die hij met zijn opa in de geraniums had gestoken waren niets vergeleken bij wat hij in zijn kamer had. Hij had al het geld dat hij met Kerstmis van zijn opa en ouders had gekregen, opgemaakt aan die knallers.

Hij had het uit Napels laten meenemen door een klasgenoot.

Het zware werk. Raketten, Maradonaballen, Romeinse kaarsen en mortierpijlen. Een heel arsenaal.

'Michele! Michele! Wat heb je, luister je niet? Je zus vroeg om het water.'

'Wat?' zei hij tegen zijn moeder.

'Het water, Michele! Het water!'

Michele gaf haar de wijn.

21 ROBERTA PALMIERI 21.15 UUR

'Als ik het zeg... Als ik het zeg... Goed zo! Goed zo! Zo, ja! Ja...! Kijk me aan! Kijk me aan!' zei Roberta Palmieri tegen Davide Razzini. 'En kleed je nu uit!'

Hij gehoorzaamde. Hij trok alles uit wat hij aanhad, tot hij poedelnaakt was.

Geen slecht lijf. Misschien een beetje te veel buik, constateerde Roberta tevreden bij zichzelf.

Davide was gereduceerd tot een robot in haar macht. Een glimlach op de mond geplakt. De ogen opengesperd.

'Je voelt je goed. Heel goed. En nu ga je op de grond liggen.'

Met starre bewegingen voerde Davide de opdracht uit.

'Goed, en nu moet je je concentreren. Je bent opgewonden, heel erg opgewonden. Je bent de meest opgewonden man ter wereld. Je hebt zin om alle vrouwen op aarde te bevredigen. Je bent een neukstier. Je pik wordt enorm, buitenproportioneel groot... En hard als beton.'

Inderdaad begon Davides pik na dat bevel te bewegen, te groeien, van een slappe larve te transformeren in een lange stijve paling.

'Heel goed. Nu moet je zo blijven liggen. De hele tijd. Als van staal. Je mag niet klaarkomen! Begrepen? Je mag niet klaarkomen! Je mag niet klaarkomen. Nooit. Zeg me na. Ik mag niet klaarkomen.'

'Ik mag niet klaarkomen,' papegaaide hij.

Roberta, tevreden dat de hypnose bij dit subject zo goed aansloeg, dronk haar geitenmelk op, knoopte haar sarong los en liet die op de grond vallen.

Ze draaide het cassettebandje om en de kamer werd gevuld met gepiep, ornithologische trillers en trompetgeluiden.

Geluiden uit het Amazoneregenwoud.

'Aaaaaarrrrrr,' brulde ze en zakte toen neer op het geslacht van Davide, die als een stompzinnige Big Jim tevreden naar het plafond staarde.

22 GUALTIERO TRECCHIA 21.16 UUR

Gualtiero Trecchia deed de deur van zijn kamer op slot en liep door de lange groezelige gang van Pensione Italicus. Drie zoemende en knetterende tl-buizen wierpen een geel licht op de afgebladderde beschimmelde muren. Hij bleef even staan om in een langwerpige verweerde spiegel te kijken.

Hij had er goed aan gedaan zijn snor af te scheren. Zijn gezicht leek nu schoner en jonger. Hij had ook verzorgende gel in zijn haar gedaan. Hij droeg een donkerblauw colbertje dat tot zijn heupen kwam. Moderne snit. Zwartsatijnen revers. Een grijze broek, wortelmodel, nauw bij de enkels. Mocassins van gevlochten kalfsleer en een wit overhemd zonder boord. Alles geleend van zijn zwager, een man van de wereld. Hij was bedrijfsleider van een discobar in Acerra.

Ja, hij zou verdomme niet voor paal staan. Hij trok zijn riem nog een gaatje strakker aan en liep vastberaden naar de trap. De jongens zaten beneden op hem te wachten.

Een donkere gestalte kwam uit een kamer aan het eind van de gang en liep op hem toe.

Gualtieri bleef staan. En vloekte.

Heb ík dat weer!

Degene die op hem afliep was Maurizio Colella, bijgenaamd de Mastino van God, de onbetwiste leider van de Nola-hooligans. Een ware straffe Gods.

Gualtiero Trecchia besloot gewoon door te lopen. Niet te blijven staan. Hij begroette hem met een klein gebaar en liep met een zucht van verlichting langs hem heen.

Maar een hand zo groot als een varkensbout beukte neer op zijn schouder en wees hem op zijn verantwoordelijkheden.

'Hé, homo, wat ben jij mooi opgedoft? Ga je lekker plezier maken?' hoorde hij achter zich brullen.

'Laat me met rust. Ik heb haast...' stamelde Gualtiero terwijl hij probeerde weg te komen van die beul.

Hij haatte hem. Als die je eenmaal te pakken had, liet hij niet meer los. Hij had een keer een supporter van Frosinone met een kopstoot een schedelbreuk bezorgd. Een harteloos beest. Tot alles in staat.

‘En waar ga je naar toe, mooie meneer? Ga je niet met ons mee naar de pizzeria?’

‘Nee. Ik heb haast,’ herhaalde Gualtiero bevend.

‘En dat in die kleren? Dan moet het wel iets heel bijzonders zijn...’

‘Welnee... Niks bijzonders,’ bagatelliseerde Gualtiero.

‘Vertel eens?’

‘Nee, dat kan niet...’

De Mastino had zijn hand vastgepakt en kneep die fijn. Gualtiero voelde de gewrichten van zijn vingers knarsen als de scharnieren van een verroeste deur.

‘Nee. Niet mijn hand. Daar werk ik mee. Alsjeblieft. Als je mijn vingers breekt kan ik de jongens niet meer masseren,’ schreeuwde hij van pijn.

Hij viel op zijn knieën neer voor de Mastino van God.

‘Vertel het dan maar. Anders kunnen ze van deze hand ragout maken.’

Gualtiero Trecchia biechtte alles op.

23 ADVOCAAT RINALDI 21.20 UUR

‘Ik aanbid jouw meesteressenvoetjes. Ik smeek je... Ik smeek je... laat me er nog even aan likken,’ zei advocaat Rinaldi terwijl hij als een haas op handen en voeten door de lange gang van zijn kantoor hupte.

‘Stout! Stoute jongen! Lopen!’ berispte Sukia hem streng terwijl ze hem met een paardrijzweepje op zijn slappe witte billen sloeg.

De advocaat leek net een baby, met dat wollen mutsje op zijn hoofd, dat blauw-wit gestreepte hemd en die kniekousen. Sukia gaf hem nog een zweepslag, die een rode striem op zijn billen achterliet.

'Aaauuu! Meesteresje, ik smeek je, mag ik je tenen likken nadat je me hebt geleerd hoe ik me netjes moet gedragen?'

'Hou je mond, stommerik.'

En nog een klap met de zweep.

Sukia ging met gespreide benen op de stoel van de secretaresse zitten. Ze droeg nu alleen een kanten korset, zo één met tienduizend veters op de rug. Haar kleine borsten in het lijfje geperst. Ze had haar schaamhaar afgeschoren en langs haar bekken daalden twee getatoeëerde slangen af die zich laafden aan haar vagina.

'Kom hier! Op handen en voeten!' gebood Sukia de peuter. Ze hield de zweep in haar handen en boog die krom.

De advocaat was met twee sprongen tussen haar dijen en probeerde meteen op haar tenen te sabbelen.

'Wacht! Breng de oesters.'

Dat liet Rinaldi zich geen twee keer zeggen. Hij snelde naar het keukentje en was in een flits weer terug met een grote schaal vol geopende oesters, gegarneerd met schijfjes citroen.

'Stop ze tussen mijn tenen!'

Rinaldi begon de oesters uit hun schelpen te trekken en tussen haar tenen te steken. Ze waren dik en glibberig en hun doorzichtige lichaamssap droop over Sukia's voetzolen en wreven. Onder het verrichten van deze delicate handeling kirde de advocaat van genot.

Het waren elegante voeten, die van Sukia.

Klein maar niet té klein. Maat 37. Mager. Met een hoge wreef. Zachte hielen. Magere, nerveuze tenen die iets uit elkaar stonden. En verzorgde, roodgelakte nagels. Geen eksteroog of eeltknobbel verstoorde hun schoonheid.

Het waren de ideale voeten voor een oude fetisjist als de advocaat.

En nu, met die weekdieren die nog trillend van leven tussen haar tenen lagen...

Toen hij klaar was stortte Rinaldi zich erop zoals een uitgehongerde baby zich zou vastklampen aan de tepel van zijn moeder, maar hij kreeg een zweepslag op zijn tong.

'Meesteresje?! Wat heb ik nu verkeerd gedaan?'

'Stomkop! De citroen!'

Inderdaad. Hij had er geen citroen op gedaan.

Hij kneep de citroen er in alle haast over uit en begon eindelijk te smikkelen van de moeizaam verworven maaltijd.

24 GIULIA GIOVANNINI — 21.27 UUR

Er waren al veel gasten gearriveerd. Giulia Giovannini gedroeg zich als de perfecte gastvrouw. Ze converseerde, stelde degenen die elkaar niet kenden aan elkaar voor, ging rond met hapjes. Ze leek ontspannen, maar nu en dan, wanneer ze zeker wist dat niemand haar zag, stak ze haar hand in haar boezem, daar waar ze de sleutel bewaarde, en verscheen er een brede glimlach op haar gezicht.

25 MONNEZZA — 21.35 UUR

Monnezza vond die hele verkleedpartij maar grote flauwekul. En bovendien was die smoking die hij had moeten aantrekken veel te klein. Het jasje trok in de schouders en wanneer hij voorover boog leek het of zijn broek van achteren openbarstte.

En bovendien... wat een onzin om daar te moeten wachten op wist hij veel.

Hij zat al meer dan twee uur op de achterbank van de oude crèmekleurige Lancia A112 Abarth van Buiaccaro.

'Nou, wanneer gaat het gebeuren?' zuchtte hij.

'Dit is niet het juiste moment. Er gaan nog steeds mensen naar boven... Heel even wachten,' antwoordde Buiaccaro vanaf de bestuurdersstoel.

Hij was net een oude, rimpelige, grijzende ober.

'Er is nog steeds leven in de brouwerij! Het appartement op de bovenverdieping is helemaal verlicht. Jullie weten niet welke meubels, welk zilverwerk. We zouden naar binnen kunnen gaan en de snuisterijen en de handtassen meenemen...' zei Oorbel, een jongen van in de twintig met lang zwart haar dat op zijn schouders viel en twee opzichtige gouden ringen in zijn oren. Hij hield een verrekijker voor zijn ogen en richtte die op de woning van gravin Sinibaldi.

'Rustig aan... Ik heb geen zin om het nieuwe jaar in de gevangenis te beginnen. We slaan onze slag en gaan daarna meteen naar huis,' zei Monnezza.

Die Oorbel was te jong en had te veel films met Roger Moore gezien. Het was zijn idee geweest die smokings aan te trekken om niet op te vallen. Ze zouden gewoon drie keurige heren zijn die waren uitgenodigd op het feest in het penthouse. Oorbel, die eikel, bleef maar doorhameren op het verhaal van Arsen Lupin, die gentleman-dief, maar Monnezza, die een redelijk man was met veel ervaring, wist dat hij slechts een ordinaire appartementendief was. Zo één die de voordeur intrapt, naar binnen gaat en zo veel mogelijk spullen meeneemt, zo mogelijk ook de afwasmachine en het tostiapparaat.

'Weten we zeker dat het appartement leeg is? Het zal toch niet zo zijn dat we nog voor verrassingen komen te staan...' vroeg Buiaccaro terwijl hij de verrekijker uit Oorbels handen griste.

'Geen zorgen... Wie is er nou op oudejaarsavond in een advocatenkantoor... Niemand. We hebben alle tijd om de faxen, computers en de rest mee te nemen. Er zal ook wel een kluis zijn. We moeten alleen nog even wachten.'

Monnezza haalde een plastic doos uit een zak. Hij maakte hem open. Er zat gekruide varkensworst met linzen in, die zijn vrouw Ines had klaargemaakt.

'Tering, wat is het koud. Fijne manier om oudejaarsavond door te brengen,' mompelde hij binnensmonds met zijn tanden stijf op elkaar.

Hij pakte een plak worst en wilde die juist in zijn mond stoppen, toen hij uit zijn handen gleed en midden op zijn smetteloos witte overhemd viel. Hij vloekte.

26 DEBORAH IMPERATORE CORDELLA 21.38 UUR

Eindelijk waren alle gasten van Giulia Giovannini gearriveerd.

Het waren er vijftien in totaal. Ze zaten aan tafel. Allemaal elegant gekleed. En er hing die intieme, rustige en ontspannen sfeer van Amaro Averna, die enigszins detoneerde met het luchtbombardement dat plaatsvond boven Rome.

Enzo zat tegenover Deborah. Giulia zat aan het hoofd van de tafel.

'Deborah, ik hoorde dat je een nieuw scenario hebt geschreven. Mag ik je vragen waar het over gaat?' vroeg een kalende jongeman in een tweedjasje en een rood overhemd.

'Ik praat niet graag over mijn werk,' zei Deborah Imperatore Cordella, terwijl ze een soepstengel pakte en die gebruikte als de roe van een strenge juf.

Ze was mager. Kastanjebruin haar, kort, mannelijk geknipt. Een neus in de vorm van een roer deelde het smalle gezicht in tweeën. Haar ronde ogen gaven haar een air van Teutoonse feministe.

'Toe, Debby, kom op, vertel er iets over!' moedigde Enzo haar samenzweerderig aan.

Enzo voelde zich lekker. Op zijn gemak. Hij besefte dat hij misschien wat overdreven intiem deed. Hij draaide zich om naar Giulia om te zien of ze iets vermoedde, maar die staarde, zoals gewoonlijk, voor zich uit.

Welnee, geen sprake van!

De scenarioschrijfster ging rechtop zitten en strekte die kalkoennek van haar uit, en zwaaiend met de soepstengel alsof het een dirigeerstokje was, zei ze: 'Goed. Oké. Ik zeg alleen dat ik ben uitgegaan van het vreselijke misbruik van dieren in de filmwereld... Dat is echt ongelooflijk. Ik zou niet graag een filmpaard zijn. Black Beauty, die herinneren jullie je vast nog wel, die hadden ze gecastreerd zodat hij makker werd. Om nog maar te zwijgen over de honden. Lassie, Rintintin, Beethoven en die poedeltjes in *Look who's talking now* zijn allemaal het toonbeeld van het meest verschrikkelijke hondenstereotype... Braaf, trouw en lief. Soms klunzig. Dat moet een keer ophouden. En daarom heb ik een scenario geschreven over Ciro, een politiehond. Een zielige, drugsverslaafde politiehond die doodgaat aan een overdosis omdat hij op het vliegveld van Rome een Thais boeddhabeeldje, gemaakt van heroïne, opeet. Het is een dramatisch, moedig, moeilijk verhaal. Ik heb een goede vertolking nodig. Emilio Spaventa, de producent, heeft voor de rol van Ciro de cockerspaniël uit *Birillo en kangoeroe Tommy* voorgesteld. Laten we hopen dat het gaat lukken. Ik weet niet of die het juiste gezicht heeft. Maar daarmee ben ik nog niet klaar met dit onderwerp. Ik wil ook graag nog een script schrijven over heel ander maatschappelijk leed, namelijk over het leven van zwerfhonden...' En met een theatraal gebaar doopte ze de soepstengel in het schaaltje tonijnsalade en stak hem in haar mond.

Sukia kon nog steeds opgewonden raken, en dat was de reden waarom ze haar werk alsmaar weer zo groots verrichtte.

En die avond voelde ze zich nog beter in vorm dan anders.

Nadat de advocaat de oesters had opgegeten, had ze hem met de vliegenmepper billenkoek gegeven. Misschien ging ze iets te hard tekeer tegen die stakker, maar hij kreunde dusdanig van vreugde dat het een genot was die kont te zien veranderen in een saignante karbonade.

Ja, Rinaldi verdiende beslist meer.

Ze moest hem meevoeren naar de hoogste vernedering, een sok met gaten van hem maken, een wezen zonder waardigheid. Een stuk stront.

Dán zou hij echt gelukkig zijn.

De extase van de advocaat.

'Trek dat uit,' beval ze hem.

Hij gehoorzaamde met gebogen hoofd. Hij trok de kinderkleren uit en rolde zich naakt als een worm op de grond op. Hij was werkelijk weerzinwekkend met die dikke buik, die korte harige benen, die aangebrande billen en dat opgerichte pikje.

'Je bent weerzinwekkend! Walgelijk stuk vreten! En ik wil je pijn doen!'

Sukia pakte haar aktetas en haalde er het dodelijkste martelinstrument uit dat ze bezat, dat elke masochist zou doen sterven van genot. Ze pakte het geval vast, liet haar witte tanden zien en stak de stekker in het stopcontact.

Een hinderlijk, trillend gezoem verspreidde zich door de werkkamer.

De advocaat verborg zijn hoofd tussen zijn armen en huilde. Bij het horen van het gezoem opende hij een oog, zag de helse genotsmachine die zijn beul van plan was te gebruiken en stamelde: 'Nee! Ik smeek je! Niet de Epilady!'

Maar er viel niet te onderhandelen.

Sukia drukte het verschrikkelijke instrument in zijn borsthaar.

28 ENZO DI GIROLAMO 21.44 UUR

Enzo Di Girolamo was helemaal in extase.

Wat een vrouw! En wat een sensibiliteit! En bovendien: wat een analytisch vermogen... zei hij in zichzelf, terwijl Deborah doorpraatte over de crisis van de Italiaanse film.

Dát is nog eens wat, zo iemand naast je hebben. Stimulerend. Echt waar. Met haar hoef je niet te praten over de gebruikelijke onzin. Over de gebruikelijke zinloze flauwekul.

Pas een week daarvoor waren ze naar de thermen van Saturnia geweest. En daar hadden ze, verstrengeld in een omhelzing in het warme water, gepraat over de zin van het leven, over de hoop en de angst van eenzame zielen in een kil universum zonder einde en vervolgens hadden ze de liefde bedreven in het zwavelwater. Met tederheid. Als twee beschroomde geliefden.

Heel wat anders dan die onnozele acrobatische seks van Giulia...

Hij strekte zijn voet uit en raakte het been van Deborah aan, die tegenover hem zat, en door dat heimelijke contact voelde hij zich beter.

Beter.

Iets beter.

Sinds een minuut of tien voelde hij namelijk in zijn buik een ingewandsrevolutie woeden. Een zeebeving in de Stille Oceaan. Krampen in zijn hele spijsverteringsapparaat. En hij voelde dat hij dringend naar de wc moest.

Wat heb ik vandaag toch gegeten? Ik moet iets verkeerds gegeten hebben! bedacht hij met stijf samengeperste kaken en billen.

Hij hield het niet meer. Hij moest zich ontlasten.

Terwijl hij opstond probeerde hij ontspannen te lijken. Alsof hij een telefoontje moest plegen. Rustig. Ontspannen. Maar zodra hij door de deur van de woonkamer was, rende hij als een honderdmetersprinter naar de wc.

29 THIERRY MARCHAND 21.45 UUR

Thierry Marchand had zijn best gedaan om grappig te zijn. Briljant te zijn. Maar nu kon hij het niet meer opbrengen. De brok in zijn keel was gegroeid en hij kon nauwelijks ademhalen.

Hij was weggezakt in een kosmisch, totaal en donker pessimisme, waar Leopardi niet aan kon tippen. Hij begon een heel droevig melodietje te spelen. Misschien wel het meest melancholische en nostalgische van het hele brede Bretonse repertoire.

Het traditionele requiem dat de vissersvrouwen van het eiland Saint-Michel zingen.

Al na de eerste naargeestige tonen begonnen de gasten aan hun tafeltjes te roezemoezen, te fluiten, te schreeuwen en vervolgens vlogen de eerste witte broodjes met anijszaad en de toastjes met zeebaarspaté en rucola het podium op.

'Wat is dit voor kattengejank?! Ophouden! Boeoeoe. Boeoeoe. Ga toch weg! We hebben betaald. We willen ons geld terug,' schreeuwden de gasten.

Thierry zong onverstoorbaar door. Met een stukje stokbrood met kaas en paddenstoelen op een wang geplakt. Hij zong niet voor hen maar voor zichzelf.

De uitsmijter, die met dat oranje donsjack, kwam het podium op rennen, bracht een vuist zo knoestig als een kersentak onder de kin van de musicus en zei met opeengeklemde kaken: 'Ik zweer op je moeder dat als je niet onmiddellijk ophoudt met deze shit en een salsa of een merengue speelt, ik je hoofd in tweeën splijt met die kutharp van je...'

30 GUALTIERO TRECCHIA 21.48 UUR

Gualtiero Trecchia zat samen met de jongens van het team zwijgend in de bus en wreef over zijn pijnlijke hand. De anderen daarentegen lachten en praatten en waren door het dolle heen.

Hij vroeg zich af of hij moest vertellen dat hij iets had gezegd. Dat hij de boel had verraden. Dat de Mastino van God hem met geweld het adres van het feest had ontfutseld.

Maar die komt toch niet. Stel je voor, die is echt niet geïnteresseerd in een feest in de Via Cassia...

Hij wreef opnieuw over zijn hand.

31 MONNEZZA 21.58 UUR

'Kijk nou eens wat je verdomme met je overhemd hebt gedaan! Hoe kan een mens nou fatsoenlijk zijn werk doen met zulke incompetente, onprofessionele lui?' zei Oorbel vermoeid.

'Nou ja, je ziet het toch niet. Ik doe gewoon mijn jasje dicht...' antwoordde Monnezza en hij probeerde de vetvlek met zijn duim weg te vegen.

Het drietal was uit de A112 gestapt en liep nu behoedzaam naar gebouw Ponza.

Het moment van actie was aangebroken.

'We bellen aan bij Sinibaldi. Ze doen open... Ik heb het plan tot in de kleinste details voorbereid.'

Oorbel drukte vastberaden op de knop van de intercom.

'Wie is daar?'

Een mannenstem.

'Ik ben Duccio Trecani. Kunt u alstublieft opendoen?' zei Oorbel op een afstandelijke en aristocratische toon. En tegen de anderen fluisterde hij met geruststellende blik: 'Geen zorgen...'

'Het spijt me, maar uw naam staat niet op de lijst.'

'Dat moet een vergissing zijn. Dat is onmogelijk.'

'Het spijt me. Ik kan er niets aan doen.'

Monnezza en Buiaccaro begonnen in hun vuistje te lachen.

'Dit kan ik niet geloven! Dit is een zeer onaangename situatie. Ik ben uitgenodigd...'

'Door wie? Wie heeft u uitgenodigd?' vroeg de stem op beschuldigende toon.

Oorbel bevroor en zei, nadat hij de naam op de intercom had gelezen: 'Door meneer Sinibaldi dell'Orto hoogstpersoonlijk!'

'Er bestaat geen meneer Sinibaldi dell'Orto. U bent een leugenaar,' antwoordde de stem op superieure toon.

Nu hielden Monnezza en Buiaccaro hun buik vast van het lachen. Oorbel wierp ze een woedende blik toe, en aangezien hij zich niet langer kon beheersen haalde hij al zijn domheid uit de kast en riep: 'Vuile klootzak! Hoe haal je het in je rotkop om mij een leugenaar te noemen. Ik kom je ballen eraf schoppen!'

Het antwoord liet niet op zich wachten.

'Vuile etterbak! Smerige strontpot!'

'Eikel! Hoerenjong. Doe open of ik sla je tanden uit je bek!'

'Hondenlul! Afgerukte cholerapik!'

'Gore apenneuker.'

'Lijkenbonker. Bruinwerker!'

Waarschijnlijk waren ze zo de hele nacht doorgegaan, als

Monnezza niet met een welgemikte schop de deur had ingetrapt.

'Kijk, Oorbel. Zo doe je dat,' zei Monnezza.

Oorbel rondde het gesprek met een rood gezicht af: 'Krijg de tyfustering. Ik kom toch wel boven.'

'Kom maar. Kom maar. Ik wacht je op.'

De drie keken even om zich heen en liepen met geruisloze pas het gebouw binnen.

32 GAETANO COZZAMARA 21.59 UUR

Die junks! Ze proberen het altijd weer. Duccio Trecani! Ga toch weg. Verzin eens wat anders. Gelukkig maar dat ik er ben, zei Gaetano Cozzamara voldaan bij zichzelf.

Hij was tevreden. Hij hoefde alleen maar de situatie onder controle te houden.

Het beloofde een feest van hoog niveau te worden.

Hij ging nog een bellini halen.

33 DE MASTINO VAN GOD 22.00 UUR

De Mastino van God had de organisatie op zich genomen.

Hij stond op de chauffeursstoel van de touringcar en had een megafoon in zijn hand.

'Jongens! Vanavond gaan we plezier maken. Jullie Mastino brengt jullie naar een feest! Naar een feest dat georganiseerd is ter ere van voetbalclub Nola!' schreeuwde hij. En toen begon hij te springen en te schreeuwen: 'Casalotti hondenlullen... Casalotti hondenlullen...'

Alle supporters, samengepropt in de bus, begonnen te springen en een hels kabaal te maken en de slogan te herhalen. Vervolgens bejubelden ze hun leider.

'Mastino! Mastino, jij bent beter dan Pelé.'

Mastino ging achter het stuur zitten en reed piepend en schokkend weg, gevolgd door drie andere touringcars.

Bestemming?

Via Cassia 1043.

34 MICHELE TRODINI 22.07 UUR

Eindelijk waren ze bij het toetje aangekomen. Michele voelde de emoties samen met de spanning stijgen. Hij wist niet hoe zijn vader zou reageren als hij ontdekte dat hij al het geld van Kerstmis had uitgegeven aan die raketten.

Papa zei dat dat spul gevaarlijk was. Dat er door dat vuurwerk elk jaar miljoenen mensen een hand of een oor kwijtraken.

Ik zeg wel dat hij het mag afschieten. Dan kan hij mij controleren.

En bovendien was opa er ook nog.

Opa Anselmo is aardig. Die helpt me wel.

Zijn ouders zaten voor de televisie. Te kijken naar die suffe Mara Venier. Zo wilden zij oudejaar vieren. Boeien! Michele draaide om hen heen als een wild dier in gevangenschap.

'Je zoon wil wat vuurwerk afsteken...' zei Anselmo Frasca tegen zijn schoonzoon, met een knipoog naar Michele.

Met ingehouden adem wachtte Michele het antwoord van zijn vader af.

'Het is nog vroeg. Ga nu maar zitten. Je moet kunnen wachten. Als het zover is gaan we allemaal op het balkon staan en schieten we wat rotjes af.'

'Mag ik er niet een paar afschieten? Die kleintjes?' vroeg Michele onzeker en klagerig. Handen in elkaar en hoofd gebogen.

'Heb je me niet gehoord? Straks. En nu ga je hier zitten,' zei zijn vader, nog steeds starend naar Mara Venier, verkleed als teddybeer.

'Maar...'

'Kom maar hier naast mij zitten. Heb maar geduld...' zei de oude man terwijl hij ruimte voor hem maakte op de leunstoel.

Michele ging naast zijn opa zitten.

35 MONNEZZA 22.10 UUR

'Hoe komen we binnen?' vroeg Oorbel toen ze voor het kantoor van advocaat Rinaldi stonden.

Hij had veel van zijn verve verloren nadat die hufter hem niet had binnengelaten.

'Net als de oude Romeinen. Geef me de koevoet en de hamer,' zei Monnezza, die opnieuw de leiding had genomen. 'En jij, Buiaccaro, ga naar het trappenhuis en kijk of er niemand aankomt.'

De deur van Rinaldi's kantoor ging na één enkele goedgerichte slag op het slot open.

Er was niet eens een alarminstallatie.

Des te beter...

Buiaccaro en Oorbel liepen voorzichtig achter Monnezza aan het kantoor binnen en sloten de deur achter zich.

36 FILOMENA BELPEDIO 22.12 UUR

Filomena Belpedio lag buiten westen op de bank van de woonkamer. De glazen schaal omgevallen. De pillen her en der op de grond. De afstandsbediening in haar hand.

Op de tv klonk een duet van de zanger van Sepultura en Iva Zanicchi. Ze zongen 'I Love You Just the Way You Are'.

37 GIULIA GIOVANNINI 22.13 UUR

Giulia Giovannini ging maar door met het opdienen van gangen, vullen van halflege glazen en conversaties waarbij ze vijf procent van haar brein gebruikte. De andere vijfennegentig procent voerde een innerlijk gesprek met haar mammie.

Zie je wel? Jij wilde stoppen met het gymnasium en boekhoudster worden. Je wilde niet naar de universiteit zoals ik je had gezegd. En nu? Je mag niet eens klagen dat die platte kip je man heeft afgepakt. Het is terecht. Zo is het leven. Het is slecht.

Maar mammie, jij was toch degene die zei dat ik niet intelligent genoeg was... Dat vrouwen moeten doen wat vrouwen doen...

Wat heeft dat ermee te maken? Jij moest mij laten zien dat je slim was. Dat je niet als een stomme snotneus afhankelijk was van je moeder. Dat heb je niet gedaan. En nu heeft dat snolletje jouw vent ingepikt. Ze heeft niets wat jij niet hebt. Kijk naar haar. Ze is lelijk als de nacht. Ze kan niet koken. Ze kan geen gasten ontvangen. Ze hangt alleen maar de kunstenares uit, de intellectueel... Jij bent duizend keer meer waard dan zij. Je moet het haar betaald zetten. Haar en hem. Allebei...

'Giulia, Giulia, wat gaan Enzo en jij doen met Driekoningen?'

Giulia keerde terug op aarde.

'Wat?'

Clemo, een kalende dertiger die rechts van haar zat, praatte tegen haar.

'Wil je weten wat de heks meeneemt op Driekoningen? Kolen. Kolen voor de stoute kindertjes.'

38 SUKIA 22.15 UUR

'Wat was dat? Ik hhhhoorde dahaaar iets,' kreunde advocaat Rinaldi.

'Hou je mond! Je mag niet praten!' snauwde Sukia hem bevelend toe.

Sukia had op deze 31ste december het licht van de waarheid gezien.

Bingo.

Opeens had ze begrepen wat de ware perversie van de advocaat was. Ze had het ontdekt en eruit getrokken, aan het licht gebracht, als een Soemerische schat, begraven onder tonnen aarde.

Ze studeerde niet voor niets psychologie.

De advocaat was een *shit lover*.

Een van de meest pure en kinderlijke perversies. Die man was blijven steken in de oedipale anale fase van een kind van drie en was daar nooit meer uit gekomen.

En nu wist Sukia dat.

Daarom had ze hem naakt vastgebonden aan het enorme mahoniehouten bureau, was erop geklommen en zat ze nu op hem te poepen.

39 ENZO DI GIROLAMO 22.17 UUR

'En wat nu?!' zei Enzo Di Girolamo wanhopig in zichzelf, een half uur nadat hij het toilet was binnengegaan.

Hij zat nog steeds op die pot waarin hij zelfs zijn ziel had uitgepoept.

Het was er donker. Het licht was uitgegaan.

Zonder enige reden.

Maar dat was niet het probleem.

Het probleem was dat er in dat klotetoilet geen wc-papier was. En aangezien die trut Giulia in *Gente Casa* had gelezen dat in chique Engelse huizen het toilet is afgescheiden van de rest van de verdomde badkamer, was er in dit verdomde berghok geen bidet, geen wastafel waar hij zijn kont kon schoonspoelen.

'Wat nu?' mompelde hij ontmoedigd.

Hij kon niet gewoon zijn onderbroek omhoogtrekken en het toilet uit lopen. Hij kon ook niet met zijn broek op zijn enkels naar de badkamer lopen.

Iedereen zou hem zien.

Ook Deborah.

Wat moet ik nu doen?

Hij deed de deur op een kiertje open. Alles donker. In de verte zag hij een trillend schijnsel dat afkomstig was uit de woonkamer. Kaarsen. Hij hoorde het gelach en het geluid van de mensen.

'Giulia! Giulia!' riep hij zachtjes.

Hij wachtte. Niets. Ze had hem niet gehoord.

'Giuliaaaa! Giuliaaaa!' riep hij iets harder.

Nog steeds niets.

Heeft ze soms bananen in haar oren?

'Giuliaaaaaa! Giuliaaaaa!' riep hij uit volle borst.

Eindelijk hoorde hij in het donker voetstappen. Geluid van hakken die naderbij kwamen. Ze had hem gehoord.

'Wie is daar?' vroeg hij argwanend als een nachtwaker. 'Giulia, ben jij dat?'

'Ja, schat, ik ben het. Wat is er?'

'Niets. Tering. Het is donker. Er is op dit verdomde toilet geen wc-papier. Geef me even een rol.'

'Wacht even.'

Hij hoorde Giulia's voetstappen zich verwijderen door de gang. Hij ging weer op de pot zitten.

Dat moest er nog bij komen, diarree...

Even later kwam Giulia terug.

'Enzo, het spijt me heel erg, maar ik ben vergeten wc-papier te kopen. Er is niets meer...'

'En wat moet ik nu doen?' jammerde hij.

'Maak je geen zorgen. Ik heb hier een stapel A4-tjes voor je. Dat is het enige wat ik kon vinden. Misschien is het een beetje hard...'

'Geef hier,' brieste hij.

Vloekend sloot Enzo zich weer op en veegde zijn billen zo goed en zo kwaad als het ging af met dat harde, stekelige papier. Hij wilde net naar buiten gaan, toen het licht opeens weer brandde.

'Verdomme nog aan toe... Nee, dit kan ik niet geloven!' hijgde hij met een hand voor zijn mond.

Giulia had hem zijn rapport voor het IRI gegeven en hij had er zijn kont mee afgeveegd.

40 ROBERTA PALMIERI 22.20 UUR

Roberta Palmieri zat gehurkt op de nog steeds stokstijve en onbeweeglijke Davide Razzini en stond op het punt het tweede van de vier kosmische orgasmes te bereiken. Dat van de aarde.

Ze begon als een bezetene heen en weer te bewegen.

'Ja! Ja! Ja! Goed zo! Wat doe je dat goed!' schreeuwde Roberta toen ze het orgasme vastberaden voelde opstijgen langs haar ruggengraat. Ze bewoog nog heftiger en begon nu boven op Davide te springen, aan wiens lippen nog steeds een stompzinnige glimlach kleefde.

Giulia wist alles. Alles. Ze had alles door.

Het was zonneklaar.

Ze wist dat hij iets had met Deborah. Dat hij iets was begonnen met haar beste vriendin.

Hij was er zeker van.

Hij zag het aan haar ijskoude psychopathenogen.

Enzo Di Girolamo zat aan tafel en trilde als een rietje. Hij deed of hij at van het gebraden vlees dat naar piepschuim smaakte.

Hij beefde van angst. Een onzichtbare trilling van zijn kaken en opgedroogd speeksel.

Hoe heeft ze het in godsnaam ontdekt? Ik heb goed opgelet. Heel goed zelfs. Ik heb niets stoms gedaan. Het is onmogelijk. En toch weet ze het. Ze weet het. Ze weet het.

Die vrouw was tot alles in staat. Hem slaan. Zijn leven verwoesten. Zijn Cherokee met een hamer bewerken.

Twee weken daarvoor waren ze samen boodschappen gaan doen in de Super Gigant. Bij de vleeswaren- en kaasafdeling had Giulia twee ons gekookte ham gevraagd. De verkoper had het voor haar verpakt in een plastic bakje.

Giulia werd furieus.

'Dit is nou al de derde keer dat ik het zeg: ik wil mijn ham in papier! En elke keer geeft u me toch weer dat stomme plastic schaaltje...'

'Maar mevrouw, dat schaaltje dient om de smaak en de versheid te bewaren,' had de verkoper inschikkelijk geantwoord.

'Gelul. Ik heb altijd ham gegeten die in papier was verpakt. En dan zegt iemand dat het in zo'n lullig plastic bakje moet en vult iedereen z'n koelkast... U doet dat expres. Dat weet ik wel. Dit is nu al de derde keer. Ik ben tot nu toe altijd begripvol geweest, ik ben niet boos geworden...'

'Mevrouw, ik ben aan het werk. Ik heb wel wat anders te doen. Ik weet niet eens wie u bent. De volgende keer moet u het er maar bij zeggen als u ham vraagt, en anders gaat u maar ergens anders boodschappen doen, dat is misschien veel beter.'

Enzo had geprobeerd haar te kalmeren, maar zonder resultaat. Ze luisterde niet, ze schreeuwde tegen die arme man die gewoon zijn werk deed en ten slotte had ze het schaaltje gepakt en het naar hem toe gegooid. De verkoper was woest als een Afrikaans wrattenzwijn achter de toonbank vandaan gekomen.

Om door de grond te zakken.

Het had weinig gescheeld of Enzo had klappen opgelopen toen hij haar beschermde.

Ze is gek. Zo gek als een deur. Ze heeft het licht uitgedaan en mij m'n kont laten afvegen met mijn eigen rapport...

Hij moest Debby waarschuwen. Haar de situatie uitleggen. Ze moest het weten. Zodat er onmiddellijk een oplossing kon worden gezocht.

Ze moesten vluchten. De benen nemen. En snel ook.

Hij begon indringend naar Deborah te staren in een poging haar aandacht te trekken.

42 THIERRY MARCHAND 22.25 UUR

Toen hij op het podium in huilen was uitgebarsten en had verteld dat hij zijn vrouw en dochter miste, hadden ze hem eruit gegooid.

Nu lag Thierry Marchand in het bestelbusje. Hij droeg nog steeds die rokjas met blauwe pailletten. Hij was bezig zijn tweede fles wodka te legen.

De uitsmijters hadden zijn Régine vernield. Ze lag naast

hem, dodelijk gewond, met een ingeslagen klankkast en losgerukte snaren.

Als het een dag eerder was gebeurd had hij die klootzakken verrot geslagen, maar die avond kon hij dat niet opbrengen.

Hij voelde zich te ellendig.

Misschien was het een teken van het lot.

Betekende het dat hij moest stoppen met harpspelen. Er een punt achter zetten. Ophouden.

Ja, ja... ik ga terug naar Bretagne. Naar huis. Naar mijn vrouw en dochter. Ik zou als metselaar in de bouw kunnen werken. Mijn eigen geld verdienen. Misschien kan mijn vader me helpen met de huur van het huis als hij weet dat ik mijn hoofd weer op orde heb...

Nu was hij bijna blij dat ze die vervloekte harp hadden vernield. Hij kon opnieuw beginnen.

Wat zou Annette nu aan het doen zijn? vroeg hij zich af terwijl hij de fles leegdronk.

Ze zal wel thuis zijn, bij haar ouders. Ze eten uiensoep en daarna gaan ze allemaal naar de feestelijk verlichte vissersbootjes kijken die de haven binnenvaren... Wat doe ik hier verdomme nog? Ik ga!

Vervolgens dacht hij beter na. Hij probeerde redelijk te denken, voor zover zijn door alcohol bedwelmde geest dat toestond.

Waar moet ik heen? Ik heb geen cent. Ik doe het zo: morgen verkoop ik het busje en dan ga ik terug met de trein. Maar nu wil ik Annette opbellen.

Hij kwam overeind. Alles om hem heen draaide. Het leek wel of hij in een draaimolen zat. Op handen en voeten begon hij het kleingeld te zoeken dat op de vloer van het busje lag. Hij vond muntjes onder de vloermatten en onder de stoelen.

Het was niet veel. Maar genoeg voor een kort telefoontje. Om haar gelukkig nieuwjaar te wensen en te zeggen dat hij zou terugkomen.

Hij opende het portier en stapte uit. Hij keek omhoog en zag explosies van vonken de lucht in vlammen zetten en zachtjes glinsterend neerdalen tussen de verre bomen. Ze waren prachtig.

Waggelend liep hij weg om een telefoon te zoeken.

43 DEBORAH IMPERATORE CORDELLA 22.30 UUR

Hoewel het gezelschap niet geweldig was, amuseerde Deborah Imperatore Cordella zich uitstekend.

De conversatie ging nu over haar favoriete onderwerp.

Over haarzelf.

Ze wist dat zij de ster in dat gezelschap was. In die tertiaire wereld. Van secretaresses. Van bankemployés. Van reclametekenaars. Zij was de enige die creatief werk deed. De enige die een verhaal kon verzinnen. En iedereen hing aan haar lippen.

'De hoofdpersoon is een Tunesische muzikant. Hij speelt *'ūd*, een klassiek Arabisch instrument. Het verhaal gaat over hoe hij zich langzaam losmaakt van zijn dorp en zijn moeder, en aankomt in Europa, waar hij wil proberen zijn muziek, die gemaakt is van zand, van stilte en de warme wind van de woestijn, bekend te maken. Over hoe hij zal gaan houden van een Europese vrouw. En hoe hij als oude man terugkeert naar huis, naar Tunesië, om zich weer te verzoenen met zijn eigen wereld...'

Ze praatte over haar plannen voor een nieuwe roman. De jongeman die ze zojuist had leren kennen en die naast haar zat luisterde naar haar, maar zij kon zich niet concentreren en het verhaal uiteenzetten zoals ze eigenlijk wilde, want Enzo bleef maar naar haar kijken, rare bewegingen maken, zwijgzame boodschappen sturen die haar afleidden.

Verdorie, wat wil hij?

Ze onderbrak zichzelf en siste nijdig: 'Enzo, wat is er? Wat wil je? Zie je niet dat ik in gesprek ben?'

'Niets... Ik moet je alleen even spreken... Iets belangrijks,' zei hij zachtjes op geheimzinnige toon, vooroverleunend over de tafel.

'Straks! Even geduld! Je ziet toch dat ik mijn roman vertel aan deze jongeman? Wat is er in godsnaam zo belangrijk?'

44 DE MASTINO VAN GOD — 22.36 UUR

De Mastino van God had geen moeite binnen te komen in gebouw Ponza.

De hoofdingang was ingetrapt.

'Kom op jongens! Vooruit! Allemaal de trap op!' schreeuwde hij tegen de brullende massa die hem volgde.

Hij had geen baard, anders had hij geleken op Mozes die de Joden naar Palestina voert.

45 ADVOCAAT RINALDI — 22.42 UUR

Advocaat Rinaldi had zich nooit zó vernederd en gedegenereerd gevoeld als op die oudejaarsavond.

En dat alles was te danken aan Sukia, de vernederende meesteres.

'Ja, ik alleen ben jouw wc-pot. De pot waarop jij, meesteres, mag kakken zo veel en zo vaak je maar wilt,' zei hij, trillend als een vis aan de haak.

Vanuit zijn positie, vastgeketend aan het bureau, zag hij de billen en de benen van zijn meesteres. Op zijn maag voelde hij het warme gewicht van de uitwerpselen en van opwinding sloeg hij met zijn achterhoofd tegen het harde bureaublad.

'Meer! Meer!' schreeuwde hij uit van vreugde, en terwijl hij schreeuwde had hij de indruk dat er een vreemde aanwezigheid in de kamer was. Dat er iemand was binnengekomen.

Hij draaide zijn hoofd om naar de deur en zag iets wat absoluut onmogelijk was.

Er stonden drie mannen.

In smoking.

Ze stonden in de deuropening en keken naar hem. Eén had zijn fax in zijn hand, een andere, groter van postuur en met een bloedvlek op zijn overhemd, het Olivettikopieerapparaat onder zijn arm, en de derde hield de reproductie van *De denker* van Rodin, die hij op huwelijksreis in Parijs had gekocht, stevig in zijn hand.

46 MONNEZZA 22.43 UUR

Ze waren die kamer binnengegaan en hadden iets absurds gezien.

Een naakte man, vastgebonden aan het bureau, en een jonge vrouw die boven op hem zat te kakken. En die geboeide man zei: 'Meer! Meer!'

Nu stond het drietal daar met open mond te kijken, zonder te weten wat te doen en wat te denken.

De eerste die de betovering verbrak was de jonge vrouw. Met een katachtige sprong kwam ze van het bureau en binnen twee tellen had ze zich aangekleed.

'Goedenavond, heren. Wie zijn jullie?' vroeg ze terwijl ze de laatste knoopjes van haar bloesje dichtmaakte.

'Wij... Wij?' stamelde Monnezza terwijl hij om zich heen keek.

'Ja, jullie! Jullie drieën! Wie zijn jullie?'
'Wij zijn... Wij zijn...'
'Dieven, nietwaar?'
De drie knikten.
'Dieven! O god, dieven!' schreeuwde de aan het bureau vastgeketende man.
'Hou je mond!' snauwde het meisje hem toe, en hij stopte meteen met schreeuwen en begon onderdanig te jengelen.
'En wie bent u?' vroeg Monnezza opgelaten.
'Ik heet Sukia en die daar, die vastgebonden man aan het bureau, is advocaat Rinaldi! Welnu, heren, ik neem aan dat jullie hier niet zijn gekomen voor een gezellig oudejaarsavondje, maar om te stelen. Klopt dat?'
'Dat klopt,' antwoordden Monnezza, Buiaccaro en Oorbel in koor.
'Goed. Dat kan mij allemaal niets schelen. Ik pak het geld dat me toekomt en ik ga ervandoor. Doen jullie maar wat jullie moeten doen.'
Sukia pakte de portefeuille uit het donkerblauwe jasje van de advocaat en haalde er een stapel bankbiljetten uit. Ze stopte ze in haar aktetas, haalde toen haar visitekaartjes tevoorschijn en overhandigde die aan het drietal.
'Als jullie behoefte hebben aan speciale diensten, aan iets heets, bel me dan gerust. Mijn mobiele nummer staat er ook op. Heren, tot ziens... en een gelukkig nieuwjaar.' En vastberaden liep ze naar de deur terwijl de advocaat harder begon te huilen.
'Maar waarop hebt u op hem gepoept?' vroeg Monnezza met het visitekaartje in zijn hand en het kopieerapparaat onder zijn arm.
De jonge vrouw bleef staan, glimlachte en zei met alle onschuld van de wereld: 'Dat vindt hij fijn.'
En toen verdween ze.

'Nou? Heb je het begrepen? Oudejaar, dat zit vanbinnen. Het is niet buiten. Het is een lullig examen en er bestaan geen trucjes om er goed door te komen, je haalt het toch nooit. Het is sterker dan jij. Er valt niets tegen te beginnen. Het breekt je. Het slacht je af. Je kunt doen wat je wilt. Je kunt vluchten naar een Indonesisch koraaleiland, naar een Nepalees klooster om te mediteren, naar een overdreven megaparty... Maar je begint er niets tegen. Op een bepaald punt van de avond stel je jezelf de vraag: wat heb je het afgelopen jaar gedaan? En wat zou je het nieuwe jaar willen doen? Ga je veranderen? Kun je wel veranderen? Je kijkt om je heen en je ziet feestende mensen die plezier maken, die hun arm door de jouwe steken. En die zeggen dat ze van je houden. En je zoenen. Vorig jaar was ik op een oudejaarsbal en werd ik opeens omhelsd door twee oude snollen die me fijnknepen alsof ik hun beste vriend was en me kusten terwijl ze me gelukkig nieuwjaar wensten. Walgelijk! Ken ik u ergens van? En kijk nou hier eens, hier is niemand. Alleen jij en ik. In alle rust en vrede. Wat voelt dat goed! Geen gezeik aan je kop, niks...' zei Visgraat met een joint in zijn mond en zijn verdoofde blik gericht op het plafond, toen hij werd onderbroken door iemand die op de deur klopte.

Hij draaide zijn luiaardkop om.

'Hé, hé, er wordt geklopt,' zei hij terwijl hij aan Cristiano's arm trok, die intussen in een diepe slaap was gevallen.

'Hallo? Met wie? Wie is daar? Wat gebeurt er?' mompelde Cristiano.

'Er wordt geklopt. Wie kan dat zijn?' vroeg Visgraat bezorgd.

'Wie dat kan zijn? Mijn moeder! Maak die joint uit!' sputterde Cristiano en stond op.

Hij kon het niet geloven.

Gaetano Cozzamara kon het niet geloven.

Het kon niet waar zijn.

Wie waren al die mensen? Wie had ze uitgenodigd? Hoe waren ze binnengekomen?

Dit kan niet waar zijn!

In de enorme woonkamer van huize Sinibaldi heerste totale paniek. Tweehonderd mensen.

Mensen, furies van de natuur.

Die idiote Scaramella had de hele noordzijde van het stadium van Nola uitgenodigd. Met families en al.

Ze hadden zich op het buffet gestort en het verslonden. Ze zongen. Ze dansten. Ze bejubelden Nola. Nu en dan slaagde hij erin tussen al die kinkels een menselijk wezen te onderscheiden, een echte gast, meegesleurd door ware vloedgolven van voetbalfanaten.

Verbijsterde elegante oude heren. Gedesoriënteerde Romeinse dames.

Gaetano voelde zich niet goed. Wilde zichzelf het liefst begraven. Verdwijnen. Heel, heel klein worden. Zo klein als een mier. Maar dat kon niet.

Hij moest ze wegsturen. Het huis redden.

De schilderijen!

Die woestelingen leunden tegen de Guttuso's, de Mondriaans, de Branzoli's.

Hij had het gevoel dat hij moest overgeven.

Ik vermoord hem. Als ik die klootzak Scaramella vind vermoord ik hem, ik zweer het bij de Madonna van Monte Faito.

Hij kon het verder wel vergeten. Hij moest emigreren. Helemaal opnieuw beginnen. Met Rome was hij klaar. Definitief klaar. Na zo'n afgang. Er was niets meer over. De gravin zou hem ombrengen.

Een *Pithecanthropus erectus* met een fles wodka in de hand danste de tarantella op de buffettafel. Hij sprong op de sandwiches met kaviaar en de toastjes met kaas en riep alsmaar: 'Casalotti! Casalotti! Hondenlullen! We maken jullie af!'

Hij herkende hem meteen. Ja, hij was het. Zo iemand kun je niet vergeten. De leider van de hooligans. Een beest, genaamd de Mastino van God. Die had een keer een supporter van Frosinone met een kopstoot een schedelbreuk bezorgd. Een bekende bij de politie... In het huis van gravin Scintilla.

Gaetano keek verdoofd naar die verschrikking. Hij moest iets doen. Maar hij wist niet wat.

De politie.

Ja, hij moest de politie bellen. Onmiddellijk.

Zich met schouderstoten een weg banend door de meute liep hij naar de telefoon.

De telefoon was bezet door iemand die zei: 'Hallo! Hallo! Pietro?! Met Pasquale. Ja, Pasquale Casolaro, je neef. Gelukkig nieuwjaar! Doe de groeten aan je familie! Hoe laat is het daar in Australië? Hier is het bijna twaalf uur. We zijn hier op een geweldig feest...'

Krijsend rukte hij de hoorn uit zijn handen. Hij wilde net 112 bellen toen hij zag dat Scaramella in de keuken heel rustig de koelkast opende en iets te drinken zocht. Hij smeet de telefoon neer en was met een kattensprong bij hem. Hij greep hem bij zijn keel en brulde: 'Klootzak! Klootzak! Je hebt mijn leven geruïneerd en ik vermoord je!'

Er moesten tien mensen aan te pas komen om hen uit elkaar te halen.

49 MICHELE TRODINI 23.00 UUR

Michele had het eindelijk voor elkaar gekregen dat zijn hele familie op het balkon stond, ook zijn zusje en moeder. Iedereen gewikkeld in winterjassen en wollen sjaals.

'Opa, hoe lang nog?'

Opa bracht het horloge bij zijn neus.

'Nog een uur. Tijd genoeg.'

'Jullie moeten allemaal voorzichtig zijn. Dit zijn gevaarlijke dingen. Jullie moeten doen wat ik zeg. Marzia, luister goed naar wat ik zeg,' zei meneer Trodini tegen zijn dochter.

Wat vond hij het heerlijk om iedereen als een *daddy* te commanderen.

Zo zat hij nu eenmaal in elkaar.

'Nee, Marzia niet... Wat heeft zij ermee te maken?' reageerde Michele boos.

Marzia, een meisje van tien met een grote bril op haar neus, schreeuwde: 'Ik ook, ik ook!'

'Je zusje wil ook vuurwerk afsteken. Doe niet zo bazig, Michele,' zei mevrouw Trodini, vergoelijkend als gewoonlijk.

50 CRISTIANO CARUCCI 23.02 UUR

'Er is dessert. Komen jullie ook? Toe, Cristiano, neem je vriend mee. Er zijn profiteroles,' zei mevrouw Carucci terwijl ze de deur van de kamer probeerde te openen, maar Cristiano zetten aan de andere kant zijn hakken in de grond om die te blokkeren.

'Alsjeblieft, mam. Ik wil geen dessert. Echt niet. Ik hou niet van profiteroles.'

'Cristiano, wat is dat voor een stank? Er hangt een rare lucht in de kamer. Hebben jullie iets verbrand?' vroeg mevrouw Carucci terwijl ze haar neus in de kier stak.

'Niks mama. Dat zijn de sokken van Visgraat.'

'Zijn er profiteroles? Jezus, ik ben dol op profiteroles.'

'Hou je kop!' zei Cristiano tegen Visgraat met een vuurspuwende blik.

'Mama, alsjeblieft, laat ons met rust. We gaan zo uit.'

'Doe maar wat je wilt. Maar wat ben je weer een... Wat zullen ze wel niet van je denken?'

'Ja, mam... Oké,' zei hij terwijl hij haar naar buiten duwde. Hij deed de deur achter haar op slot.

'We kunnen hier niet blijven. Mijn moeder zal alles wel in de gaten hebben, verdomme!' zei hij tegen zijn vriend en hij probeerde de mist met zijn handen te verspreiden.

'Ga maar weer rustig op bed liggen. Wind je niet op. Dat is niet goed voor je. Tering, er waren profiteroles.'

'Maar zie je dan niet hoe het hier binnen is? Het lijkt wel een Thais opiumhol. Als mijn moeder hier binnenkomt gaat ze volkomen door het lint.'

'Dat is het drama van jullie portiers. Jullie zijn verbannen naar de benauwde duisternis van de souterrains, een beetje als wormen onder de grond. Dat zit in jullie aard. Jullie ogen... Ja, jullie ogen zullen verdwijnen en jullie huid zal wit worden.'

'Wil je nu ophouden met die onzin? En bovendien ben ik geen portier.'

'Je bent een portierszoon. Het zit in je DNA. Genetisch ben jij een conciërge...'

'Sodemieter toch op! En trouwens maar goed dat je je schoenen had uitgetrokken. Denk jij dat mijn moeder de geur van wiet heeft herkend?'

'Welnee...'

Cristiano bleef maar rondjes lopen door de kamer en zei: 'Genoeg! Ik hou het hier niet langer uit. Laten we naar buiten gaan. Ik krijg het opeens Spaans benauwd.'

‘En waar gaan we naartoe?’

‘Weet ik veel... Je zei toch dat je allerlei feesten wist?’

‘Ach, dat zal allemaal wel niks zijn. Kom op, we hebben het hier zo fijn. Wat kan ons het schelen. En bovendien hebben we nog nooit samen een nichterige oudejaarsavond doorgebracht. Kom, laten we weer op bed gaan liggen, we nemen een glas spumante en profiteroles en verder kan ons niets gebeuren.’

Cristiano leek een ogenblik besluiteloos na te denken.

‘En het dynamiet?’

‘Dat schieten we later af. Achter het buurthuis. Ik ben nu te stoned om al dat verkeer en die drukte aan te kunnen, ik voel me eerlijk gezegd helemaal niet goed.’

‘Oké. We doen wat jij zegt. Ik ga dessert halen. Maar jij moet hier blijven, niet bewegen, je ziet eruit...’

51 GRAVIN SINIBALDI DELL’ORTO 23.08 UUR

Gravin Sinibaldi dell’Orto sliep nog steeds.

Starnakel van de ginfizz. Als een leeuwenvel uitgestrekt op het hemelbed in haar slaapkamer. De lange avondjurk van Ferragamo half van haar lijf. De Prada-schoenen op de grond gegooid. De mond, vol collageen, wijd open.

Ze snurkte luidruchtig.

Haar lange, vuurrode haar, dat ze normaal in een waardige chignon opbond, hing nu in slierten op haar schouders.

Whisky, Pallina en Wodka, de drie kleine zwarte Schotse terriërs, likten haar gezicht en blaften tegen de dichte deur. Aan de andere kant probeerde de Filipijnse huishoudster haar mevrouw wakker te maken door eerbiedig te kloppen.

‘Gravin, gravin, er zijn veel vreemde gasten. Gravin... Het huis...’ herhaalde ze huilend.

Maar de gravin hoorde haar, noch haar rumoerige gasten, noch de knallen van het vuurwerk in de Romeinse lucht.

52 MICHELE TRODINI 23.20 UUR

'Papa! Papa! Kijk! Zie je ze! Daar, daarboven!' zei Michele Trodini tegen zijn vader die een brandend sterretje vasthield.

'Waar, Michele?'

'Daar, tegenover ons, kijk.'

Meneer Trodini volgde zijn zoons wijzende vinger, en zag.

Tegenover hen, op het balkon van de bovenverdieping van gebouw Ponza, heerste een uitzinnige chaos. Een gekkenhuis. Rode rookbommen.

Een hel.

De onverstaanbare slogans die ze als gekken uitkrijsten klonken even hard als het geknal van hun vuurwerk. Zoiets als: 'O No-hola, o No-hola, jij bent de kampioen.'

Een paar rotjes waren op de tennisbaan van het woonpark terechtgekomen en veroorzaakten daar kleine brandjes.

'Maar wie woont er in dat appartement?' vroeg meneer Trodini aan opa.

Anselmo Frasca, gezeten op de ligstoel, stelde de verrekijker in. Hij leek net een Oostenrijkse generaal die de vijandige linies aan de overkant van het dal observeert.

'Gravin Sinibaldi. Die met die hondjes,' zei de oude man, die alles wist van het woonpark.

'Dat verschrikkelijke k...'

Hij wilde 'kutwijf' zeggen maar hield zich net op tijd in. De kinderen.

'Wat zijn dat voor gasten die zij uitnodigt?' vroeg hij verbijsterd.

Meneer Trodini haatte dat mens uit de grond van zijn hart. Ze reed altijd met haar Mercedes de parkeerplaats van het woonpark op en deed dan of die helemaal van haar was. Al drie keer had ze haar auto geparkeerd op de plek die voor de familie Trodini gereserveerd was, zonder zich daar iets van aan te trekken.

Aristocratische trut. Met die drie rothondjes. Meneer Trodini had fel geprotesteerd op de bewonersvergadering, maar zij had overal lak aan, ze bleef haar auto rustig op de plekken van anderen parkeren en keek op iedereen neer.

'Nou, ze maken er wel een mooie puinhoop van, daarboven,' zei opa nog, en schreeuwde toen: 'Pas op!'

De familie Trodini dook weg tussen de bloempotten.

Een rotje raakte het dak van hun appartementengebouw. Er klonk een harde knal en vlak voor hen vielen stukken dakpan en kalk naar beneden.

'Zijn ze soms gek geworden? Waar zijn ze mee bezig?!' schreeuwde meneer Trodini terwijl hij zijn vrouw en dochter het huis in duwde.

'Ze zijn aan het schieten. Daar komt er nog een. Ze hebben een strategische positie,' zei opa onaangedaan.

Het tweede rotje kwam pal boven hen terecht. Tussen de derde en de vierde verdieping. Er vielen nog meer kalkbrokken naar beneden.

'Vuil kutwijf. Teringgravin! Wil je ons allemaal ombrengen?' Meneer Trodini kon zich niet langer beheersen.

'Ippolita! Bel de politie, ze vernielen ons huis!' schreeuwde hij naar zijn vrouw.

Intussen observeerde Michele, beschut achter de bloempotten, het vijandige kamp en zag dat er vanaf het balkon nu allerlei dingen naar beneden werden gegooid.

'Papa, kijk!'

In het rokerige rode schijnsel dat de bovenverdieping en het balkon omhulde was een reusachtige zwarte figuur verschenen. Hij kwam waggelend naderbij. Boven zijn hoofd droeg hij een enorme bloempot. Die moest minstens honderd kilo wegen.

'Wat gaat hij doen?' vroeg Michele.

Niemand gaf antwoord.

Het was een uit de hel ontsnapte duivel. Angstaanjagend. Hij klom met veel moeite op de balustrade, stootte een luide brul uit en gooide de pot naar beneden.

Midden op de parkeerplaats.

Precies boven op de Opel Astra van meneer Trodini.

De bloempot ging door het dak en de wielen bogen opzij, weggerukt uit het leven.

Opa Anselmo, meneer Trodini en Michele stonden alle drie met open mond te kijken. Drie wassen beelden.

Dit was niet mogelijk.

Die klootzak had een bloempot op zijn Opel gegooid. De Opel die nog niet was afbetaald. Er ontbraken nog drie termijnen. De Opel met airconditioning en elektrische raampjes en alcantara bekleding.

Meneer Trodini werd wakker uit die verschrikkelijke betovering, stortte op zijn knieën neer en brulde met geheven vuisten: 'Niet de Ooooopel! Teringadel, hier zullen jullie voor boeten. Jullie willen oorlog en jullie krijgen oorlog!'

Hij stond weer op. Hij pakte de plastic tafel en gebruikte die als schild.

'Wat ga je doen, Vittorio? Wat ga je doen? Kom binnen, Vittorio. Doe niet zo gek... alsjeblieft!' jammerde mevrouw Trodini intussen met haar hoofd buiten de balkondeur.

'Mens, hou je mond! Verstop je met je dochter in de keuken! Michele, snel, pak alle raketten en vuurpijlen die je onder je bed verstopt hebt. Opa Anselmo, zoek hier dekking.'

En meneer Trodini was slechts een commandant.

Een vermetele commandant met een minimaal legertje helden, verwikkeld in een oorlog die zo oud was als de wereld.

Proletariaat tegen laaghartige adel.

Op Micheles gezicht brak een glimlach door en hij zei alleen maar: 'Goed, pa.'

53 GIULIA GIOVANNINI 23.23 UUR

Lieve mama. Ik heb alles verkeerd gedaan. Ik ken deze mensen niet. Waarom zijn ze in mijn huis? Waarom eten ze aan mijn tafel? Het eten dat ik heb gekocht. Mama, ik wil dat ze weggaan.

Giulia Giovannini zag al die indringers aan haar tafel zitten. Als ze de moed had gehad zou ze zijn opgestaan en had ze hun gevraagd weg te gaan. Allemaal.

Laat me met rust. Ik wil alleen nog maar slapen.

Maar ze had geen moed. En ze wist dat ze haar hele leven nog nooit moed had gehad.

Je hebt hem zelf je huissleutel gegeven... Je hebt ze zelf uitgenodigd.

Waarom was ze niet sterker? Waarom begreep ze niets van mensen? En waarom liet ze zich door iedereen belazeren? En waarom speelde die platte kip nu mooi weer aan de dis die zij bereid had? En waarom bleef die eikel haar alsmaar vol aanbidding aanstaren?

En ik? Ben ik dan helemaal niet belangrijk voor je, hufter? Ik ben minder dan niks. Een nul. Alleen maar goed om je eten te koken, je onderbroeken te wassen en je te pijpen.

Toen hoorde ze de stem van haar mammie die tegen haar sprak.

Zonnetje van mammie. Hou hiermee op. Hou hiermee op. Doe het voor mammie. Het geeft niet. Wat zei papa altijd? Voor elke vergissing bestaat een oplossing. En de oplossing is zo simpel. Je moet het haar betaald zetten.

Haar laten zien wie je bent. Wat je waard bent.

Heb je dat begrepen, schatteboutje? Je moet het haar betaald zetten.

Ja, mammie. Ja, mammie. Ik zal je laten zien dat ik geen nietsnut ben. Je zult zien dat je dochter vanaf het nieuwe jaar een ander mens is.

Een kerel wiens naam ze nu alweer vergeten was, had zich als een teek aan haar vastgezogen en bleef tegen haar praten.

Wat wilde hij? Waarom liet hij haar niet met rust? Ze had wel wat anders te doen.

Ze deed haar best om mammie uit haar hoofd te verjagen.

'Dat zou leuk zijn. Een beetje muziek. We zouden kunnen dansen. Feestvieren. Nog veertig minuten en dan is het twaalf uur. Wil je muziek opzetten?' zei de kerel met een glimlach die Giulia helemaal niet beviel.

Onecht. Onecht als Judas. Ook voor hem was zij een nul.

'Wat zeg je? Sorry, ik verstond je niet.'

'Kun je een cd opzetten, een lp, een bandje, iets?'

Giulia glimlachte tegen hem. Een mooie onechte glimlach. Een volmaakte gastvrouwenglimlach.

Mijn huis is mijn huis.

Wil je muziek? Er komt muziek.

Ze stond op van tafel en haalde haar handen door haar haar om haar kapsel te schikken.

'Natuurlijk. Natuurlijk. Muziek. Een leuk bandje om feest te vieren...' zei ze en ze liep naar haar slaapkamer.

54 GAETANO COZZAMARA 23.25 UUR

Gaetano Cozzamara stond in de keuken en hield zijn als een aubergine gezwollen neus onder de kraan.

Die klootzak Scaramella had hem waarschijnlijk gebroken.

Maar hij had hém ook pijn gedaan. Hij had hem een gebroken jukbeen bezorgd.

Hij pakte een theedoek en drukte die tegen zijn neus. Hij schoof langs een stelletje supporters die, na de voorraadkast te hebben geplunderd, nu pasta met tomaatjes en basilicum stonden te maken terwijl de Filipijnse kokkin op een stoel zat te huilen.

Hij wist eerlijk gezegd niet meer wat hij moest doen. Hoe hij hier levend uit moest komen. Hij was te versuft om een plan te bedenken.

Wat kan het mij ook schelen, kome wat komen moet, zei hij terneergeslagen.

Hij ging de woonkamer binnen.

Ze dansten. Allemaal. De woonkamer was veranderd in een gigantische balzaal. Oude mannen. Oude vrouwen. Kinderen. Alles wat twee benen had danste uitzinnig in het rond. Ze hadden plezier.

Gaetano stond er geboeid naar te kijken en vroeg zich af of hij ondanks alles misschien toch iets heel goeds had gedaan.

Een feest organiseren voor zijn dorpsgenoten. Waarschijnlijk was nog niemand ooit in zo'n mooi huis geweest.

'Gaetano! Gaetano!' hoorde hij achter zich.

Hij draaide zich om en zag de oude markies Sergie, die vuurrood voor hem stond.

Gaetano kromp ineen van schaamte.

'Ik hoorde dat jij degene bent geweest die dit feest heeft georganiseerd. Mijn complimenten. Ik heb me in jaren niet zó goed geamuseerd. Bravo!' sprak de markies met een scherpe brouw-r, en gaf hem een schouderklap.

Hij had geen tijd om iets terug te zeggen omdat de markies alweer als een bezetene stond te dansen.

Kijk nou toch, hij laat zich zelfs positief over me uit, dacht hij, iets ontspannener nu.

Hij zag een meisje dat stond te dansen. Een meisje dat hij al eens eerder had gezien. Zeker in Nola. Maar hij wist niet meer waar. Ze was beslist een stuk. Met die zwarte krullen en die donkere zigeunerinnenogen. Ze droeg een minirok om van te rillen en een onzichtbaar T-shirtje.

Gaetano wierp een blik in de spiegel.

Zijn neus gezwollen en nog een beetje rood. Maar niet meer heel erg. Hij streek zijn haar goed, stopte zijn overhemd terug in zijn broek en liep met soepele tred op het meisje af.

'Mag ik even? Ik ben Gaetano Cozzamara, ik heb deze party georganiseerd... Ik weet zeker dat wij elkaar al eens eerder hebben ontmoet... Maar ik weet niet meer waar... Misschien op Mallorca.'

Het meisje stond hijgend stil. Ze schonk hem een enorme glimlach, waarbij ze een perfect spierwit gebit toonde dat contrasteerde met haar donkere lippen.

'Op de hotelschool... Natuurlijk kennen wij elkaar! Ik ben Angela Coticone. Ik herinner me jou heel goed. We zaten in het eerste jaar van de hotelschool bij elkaar in de klas. Jij bent toen blijven zitten...'

'Ik studeerde te weinig...' bromde hij gegeneerd.

Angela Coticone. Natuurlijk. Die zat op de eerste rij. Niet om aan te zien zo lelijk. Ze had pukkels. En nu... nu is ze gegroeid, is ze een vrouw geworden. Ze heeft een ongelooflijk lichaam tevoorschijn getoverd.

'Ja. Jij was bepaald geen licht. Herinner je je juffrouw Pini nog?'

'Nou en of... Die van Italiaans.'

Dit is mijn avond. Ik moet haar nog een beetje bewerken, maar ik zie dat ze al voor me openstaat. Ik neem haar mee naar huis...

'Nee! Die van Engels... Kom op! Weet je, toen wij samen in de klas zaten vond ik je waanzinnig leuk. Ik weet nog dat ik hele bladzijden van mijn dagboek vol schreef met Cozzamara, Cozzamara, Cozzamara... En nu weet ik dat je in Rome woont en hoor ik van iedereen dat je mensen van de tv kent...' zei ze met ondeugend glimlachje.

Oké. Oké. Angela Coticone daagt me uit... Ik zal je leren!

'Hé, luister! Waarom gaan we niet samen weg van dit feest... Jij en ik. Alleen. Het is hier zo vervelend. Rome gaat op dit moment uit zijn dak. Mijn auto staat hier beneden en er is een feest op een boot op de Tiber...'

Ze leek in verleiding gebracht maar aarzelde.

'Angela, wat is er? Heb je daar geen zin in?'

'Jawel, heel veel zelfs. Je weet niet hoe graag ik zou willen, maar mijn vriend...'

Gaetano kreeg een steek tussen zijn ribben die hem enigszins verzwakte, maar hij wist dat hij genoeg aantrekkingskracht had om haar van haar vriend los te rukken.

'En vind je het niet verrukkelijk opwindend om met een oude vlam naar mooier oorden te vluchten...'

'Ja, echt waar... alleen...'

Ze is wel taai, die meid! Maar het gaat me lukken, dacht hij Gaetano en hij wierp haar een vurige blik toe à la Antonio Banderas.

55 MONNEZZA 23.28 UUR

Toen de hoer was vertrokken begonnen Buiaccaro en Oorbel te bekvechten.

'Die vent daar,' tierde Buiaccaro, wijzend op advocaat Rinaldi die gilde als een varken dat gekeeld werd, 'heeft onze gezichten gezien... We zijn erbij. Ik wil het nieuwe jaar niet in de gevangenis beginnen...'

'Wat nou gevangenis... We zijn uit de brand...' zei Oorbel die ze goed op een rijtje had en niet, zoals zijn collega's, zijn verstand op goed geluk gebruikte.

'Hoezo zijn we uit de brand?!'

'Wat de advocaat betreft! Luister. Wij mogen dan misschien stelen, maar hij... Hij laat zich onderschijten door hoeren. Begrijp je! Wat is er nou erger? Zeg jij het maar...'

Het antwoord van Buiaccaro volgde onmiddellijk. Zonder enige aarzeling.

'Die vent is een smeerlap... Wij zijn alleen maar dieven. Maar hij is echt weerzinwekkend walgelijk.'

De advocaat hield maar niet op met janken. Het was een schril geluid dat je trommelvliezen deed scheuren en dat zelfs het geknal van het vuurwerk overstemde.

Een nachtmerrie.

'Dat varken beschadigt onze oren,' zuchtte Oorbel, en vervolgens nijdig tegen de advocaat: 'Verdomme... hou je kop!'

Maar er was geen land mee te bezeilen. Hij ging maar door: 'Ahhhhh! Help! Alsjeblieft, doe me geen pijn. Ik zal jullie alles geven, alles... Vraag maar!'

'Monnezza, alsjeblieft, wil jij dit even oplossen. Ik kan me zo niet concentreren,' zei Oorbel vermoeid.

Monnezza zat aan het bureau en snaaide de hele kantoorboekhandel weg: balpennen, viltstiften, schriften, nietmachines en vlakgommetjes. Allemaal nuttige zaken voor zijn zoon Eros, die in groep vijf van de basisschool zat.

'Monnezza, wil je nu alsjeblief meewerken?!'

'Wat is er? Ik was er even niet met mijn hoofd bij!'

'De advocaat. Zorg dat hij zich koest houdt, god nog aan toe!'

Met uitpuilende zakken stond Monnezza op en liep naar de advocaat, die spartelde en schreeuwde en trappelde als een klein kind dat een injectie moet krijgen.

Hij keek even naar hem en sloeg hem toen zonder zelf enig benul te hebben waarom met de vlakke hand in het gezicht, wat een soort *tjsak* produceerde.

'Ahhhhhh,' kreunde de advocaat en hij krulde zich op als

een kreeft die in het kokende water wordt gedompeld.

Monnezza schrok van zichzelf. Zo ongeveer als de primitieve mens schrok van de magie van vuur.

In die kreet klonk niet alleen pijn; er was meer, ja er was meer, er klonk genot. Ja, er klonk genot.

Vreemd. Heel vreemd...

En hij gaf hem nog een optater, voor wetenschappelijke doeleinden.

'Ahhhhh, jaaaaa. Meer,' reutelde de advocaat.

Hij vindt het lekker! Snap je zoiets? Dat zwijn vindt het lekker om geslagen te worden! begreep Monnezza opeens.

Hij zat daar heel gelukkig vastgebonden aan dat bureau, met die halfdichte ogen, als een kat die spint van genot, met die slappe kwijlende mond.

'Ik heb jou door, mannetje! Je bent een zwijn, een...'

Hij kon niet op het woord komen.

'Een perverseling, dát ben je!'

En hij gaf hem een opdoffer, vol in het gezicht.

56 ENZO DI GIROLAMO 22.30 UUR

'Hebben jullie zin om te dansen? Voetjes van de vloer! Nog een half uur en dan is het middernacht. Kom op!' zei de jongeman die aan Giulia had gevraagd of ze muziek wilde opzetten. Vervolgens begon hij de luilakken aan tafel die aan hun roomijs met gesmolten chocola bezig waren, van hun stoel te trekken. Hij pakte Enzo bij zijn arm.

'Kom, Di Girolamo, ga eens uit je dak. Laat het oude dansbeest in je herleven...'

'Nee, dank je. Ik heb nu geen zin. Straks misschien,' antwoordde Enzo afwezig.

Het lukt me niet om die stomme Deborah te spreken te krijgen. Ze blijft maar doorbabbelen en ziet me niet eens. Misschien moet ik haar vastpakken zodat ze wel naar me móet luisteren. Ze zal me nooit geloven. Ze zal zeggen dat ik gek ben... Nog even en ik ga in mijn eentje weg. Dan laat ik haar gewoon hier achter.

Het voorgevoel was er. Een verschrikkelijk voorgevoel.

Hij had Giulia's ogen gezien en die bevielen hem helemaal niet. De ogen van een psychopaat. Hij besloot dat het tijd was om ertussenuit te knijpen.

Iedereen stond nu op. De balkondeur werd geopend en sommigen gingen kijken naar het vuurwerk dat overal om hen heen tekeerging. Een jongeman die een paar vuurpijlen had meegebracht deelde die uit aan de meisjes. Anderen zaten op de grote bank en keken televisie, waar de gasten van de oudejaarsuitzending van Rai Uno met Mara Venier en Frizzi voorbijkwamen. In een hoek van het scherm verscheen in digitale cijfers het aftellen voor het nieuwe jaar.

Deborah had zich midden in de woonkamer opgesteld en praatte nog steeds geanimeerd met een groepje gasten. Ze leek ontspannen, met dat glas whisky in de hand. De meesteres van het universum. De moeder van alle conversaties.

Enzo bleef zitten.

Om na te denken.

57 CRISTIANO CARUCCI 23.32 UUR

'Maar dit is een fantastische plek. Dit heb je me nooit eerder laten zien. Geweldig. Dit is pas écht een goede schuilplaats,' zei Visgraat bewonderend.

Cristiano en Visgraat waren in de verwarmingskelder. Veiliger voor de bestormingen van mevrouw Carucci. Om er te komen moest je door Cristiano's kamer. Dan liep je een trappetje af en was je ineens lichtjaren verwijderd van de hel van vuurwerk.

Visgraat hield het bord met de profiteroles vast en Cristiano de buikfles spumante.

Het was een grote ruimte. En het was er behaaglijk warm. Aan één kant hingen lakens te drogen, aan de andere kant stond een oude tafel waarop allerlei prulletjes lagen: gereedschap, kluwen elektriciteitsdraad. Een oude kapotte wasmachine. Kartonnen dozen. En precies in het midden van de ruimte troonde een reusachtige oeroude verwarmingsketel, die zachtjes trilde.

Die verwarmde het hele woonpark.

Grote zwarte buizen kwamen onder de machine vandaan en verdwenen in de muren.

Visgraat keek. Hij keek naar de resten van een oude Malagutibrommer, naar foto's die in een schoenendoos waren gepropt. Hij liep naar een donkere hoek waar het profiel van een bijzettafeltje zichtbaar was.

'En wat zijn dit?' vroeg hij.

'O, niks. Dat was een hobby van mijn vader. Schaalmodellen bouwen. Hij bracht hier hele nachten door.'

Cristiano's vader was drie jaar daarvoor gestorven. Aan kanker.

'Ik zeg altijd tegen mijn moeder dat ze ze moet weggooien maar dat wil ze niet. Ze is eraan gehecht. Mij maken ze alleen maar verdrietig.'

'Maar je vader was er wel goed in. Kijk eens...'

Visgraat hield een perfecte reproductie vast van een Vikingschip, compleet met een echte draak als boegbeeld, het rood-wit gestreepte zeil, de banken voor de roeiers en de riemgaten.

'Luister, als je het niet vervelend vindt, zou ik deze dan mogen hebben?' vroeg hij aarzelend.

Cristiano bleef even zwijgen, kneep toen zijn lippen samen en zei hijgend: 'Neem hem maar.'

'Echt waar?!'

'Ik zei toch: neem hem maar.'

'Dank je!'

Cristiano had een oude versleten bedbank uitgeklapt en was een joint aan het draaien. Visgraat bleef naar de schaalmodellen bekijken. Plotseling lichtten zijn ogen op, net als bij katten.

'Cristiano... je weet niet wat ik nu gevonden heb.'

'Wat heb je gevonden?' vroeg Cristiano weinig geïnteresseerd. Hij likte aan de lijm van het vloeitje.

'Oplosmiddel. Oplosmiddel voor verf. Voor de schaalmodellen.'

'Nou en?'

'Dat werkt hallucinerend. Dat weet ik. Mijn neef Franco was ook altijd bezig met schaalmodellen en is daarna junk geworden. Hij heeft me verteld dat hij dat spul weleens snoof en dat dat nog lekkerder was dan lsd.'

'Wat een onzin...' zei Cristiano die inmiddels comfortabel was gaan liggen.

'Ik zweer je, ik word helemaal gek van jou. Jij bent nog erger dan een ongelovige Thomas. Steeds als ik je iets vertel, geloof jij me niet.'

Intussen bewerkte Visgraat een blikje met een schroevendraaier om het open te krijgen. Na een paar keer porren vloog het deksel eraf.

Visgraat stak even zijn lange neus in het blikje. Er steeg een synthetische stank uit op van lak en lijm.

'Je weet niet waar dit spul je brengt...'

'Dank je, ik ben al voorzien. Ik ben al total loss van deze laatste joint,' zei Cristiano op wijze, ontspannen toon.

'Tering, het is oudejaar. En als je op oudejaar niet danst, wanneer dans je dan wel? Laten we allebei één keer snuiven. Meer niet. Alleen maar om te zien of het werkt. Kom op, ik doe het.'

Cristiano wist dat zijn vriend het zou doen. Hij was koppig als een ezel en wanneer hij iets in zijn hoofd had, hield niets hem nog tegen.

'Volgens mij is dat ontzettend dom...'

Visgraat was gaan zitten en keek met verwilderde ogen naar dat magische blikje. Hij las de naam en de samenstelling van het product een paar keer. Ammoniumchloride. Stikstofoxide. Toen pakte hij het blikje met twee handen vast, hield het onder zijn neus en ademde diep in. Hij sloot zijn ogen, kneep zijn lippen samen tot een pijnlijke grimas en boog zijn hoofd opzij. Zijn vingers werden wit om het blikje.

'Hé! Hé! Visgraat. Wat is er? Wat gebeurt er?' vroeg Cristiano, die met een ruk opstond van het bed en naar zijn vriend toe rende. Maar toen hij bij Visgraat was, opende die langzaam zijn ogen, die iets roder waren geworden dan normaal, en werd zijn mond vervormd door een brede glimlach.

'Je hebt geen idee... Dit spul gaat rechtstreeks naar je hersenen. Geen hemato-encefalische barrières die het tegenhouden. Fantastisch. Probeer maar. Ik voel me nu al beter. Je móet het proberen.'

'Mooi niet. Dat spul brengt in één klap een miljoen neuronen om zeep.'

'Wat dan nog... Een miljoen meer of minder. Je moet het echt proberen. Je voelt het achter in je nek.'

Cristiano had het blik gepakt en keek ernaar.

'Probeer maar. Wees nou eens een keer niet zo laf, verdomme.'

'Is het gaaf?'

'Meer dan dat.'

Aarzelend bracht Cristiano het blik naar zijn neus en zei: 'Wat een gore stank!'

Vervolgens ademde ook hij diep in.

58 MICHELE TRODINI 23.37 UUR

Op het balkon van huize Trodini werden gedegen voorbereidingen getroffen.

'Goed zo, Michele! Je hebt een heel arsenaal gekocht. Heel goed!' zei meneer Trodini toen hij het vuurwerk bestudeerde.

'En wat een vooruitgang is er geboekt... In mijn tijd had je alleen maar trekbommetjes. Maar hier zie ik raketten, mortierpijlen...' voegde opa eraan toe.

Michele was gelukkig.

'Kom op! We zullen ze eens laten zien wie we zijn,' zei meneer Trodini en hij richtte een lange, stinkende pijl op het penthouse van de gravin.

59 GIULIA GIOVANNINI 23.40 UUR

Giulia Giovannini kwam bij uit de catatonische toestand waarin ze had verkeerd.

Hoe lang had ze op bed gezeten om het zich te herinneren?

Zich wat te herinneren?

Zij en Deborah op het gymnasium. Samen op vakantie in Griekenland. De feesten. En Enzo. De eerste ontmoeting. De eerste kus. Toen ze hem had voorgesteld aan Deborah.

Ze had de puzzel van de herinneringen in haar hoofd af en eindelijk leek alles nu in elkaar te passen.

Ze was altijd als een dom gansje beschouwd. Achter haar rug voor de gek gehouden. Door Deborah. Door Enzo. Door iedereen.

Ze stond op.

Wat kwam ze ook alweer doen in haar slaapkamer?

Het cassettebandje! Zet het cassettebandje op!

De stem van mammie.

Ze stak een hand tussen haar borsten en haalde de sleutel tevoorschijn. De geheime sleutel. Ze opende het laatje van haar nachtkastje. Ze pakte het cassettebandje.

Het schattige bewijs dat die twee valse verraders meedogenloos met hun neus op de feiten zou drukken.

'Mammie, doe ik hier goed aan?' mompelde ze binnensmonds terwijl ze naar de werkkamer liep.

Wil je niet graag hun gezichten zien? Heb je geen zin om vanavond zelf ook een beetje plezier te hebben?

De stereo was een modern zwart apparaat van Sansui, met luidsprekers in alle kamers. Ze zette hem aan. Ze werd verlicht door een warm, geruststellend groen. Ze drukte op het knopje waarmee de boxen in de woonkamer werden aangezet. Ze opende de cassetterecorder en stopte het bandje erin. Ze sloot het weer en zette het volume op maximaal.

'En nu gaan we dansen, jongens!' grijnsde ze en ze drukte op play.

60 THIERRY MARCHAND 23.40 UUR

Hij kon er geen vinden. Hij bleef maar rondzwerven zonder er één te vinden. *Een telefoon! Ik wil verdomme een telefoon! Hoe lang loop ik nu al rond?*

Thierry Marchand was binnengegaan in het Woonpark van de Eilanden en was daar op de parkeerplaats verdwaald. Krom door de alcohol liep hij met dat handjevol kleingeld tussen de auto's door. Zijn ogen twee donkere spleetjes. Hij sloeg tegen de portieren van de auto's. Hij zag niets meer, maar hoorde boven zijn hoofd een oorlog woeden. Een heuse oorlog.

Knallen. Explosies. Geschreeuw. Dakpannen die naar beneden vielen.

Wat gebeurt er? Ach, natuurlijk, het is oudejaar.
Nu voelde hij zich echt helemaal niet goed. De alcohol verschroeide zijn ingewanden. Hij moest even gaan zitten. Heel even maar. Daarna zou hij weer op zoek gaan naar een telefoon. Hij had de indruk dat sommige explosies niet zo heel ver weg waren. Misschien zelfs tussen de auto's. Hij rook de geur van zwavel in zijn neusgaten.

Ik kan maar beter dekking zoeken.

Hij sleepte zich naar het dichtstbijzijnde appartementengebouw en ging daar zitten.

Goed. Morgen. Morgen bel ik Annette op. Morgen zeg ik haar dat ik veranderd ben. Morgen verkoop ik de bestelbus. Morgen vertrek ik. Morgen.

61 ENZO DI GIROLAMO 23.40 UUR

'Hoi Giulia, met Debby. Ik weet niet wat ik moet doen. Wat trek jij vanavond...'

Enzo sprong op van zijn stoel.

Wat is dat?

De stem van Deborah. Heel hard. Versterkt. Waar kwam die vandaan? Hij draaide zich om en keek om zich heen. Uit de boxen. Het kwam uit de luidsprekers van de stereo.

Wat gebeurde er?

'Hallo?! Hallo Debby, met Enzo.'

'Enzo?!'

Hij herkende hem meteen. Zijn stem. Zijn stem, opgenomen op een bandje. En die andere was van Deborah. Het telefoongesprek. Het gesprek van die middag. Het gesprek waarin hij een afspraak had gemaakt met Debby. Hij probeerde adem te halen maar er was voor hem geen lucht meer in die kamer. Hij voelde zijn maag veranderen in een cementmolen. Hij probeerde op te staan maar het lukte niet.

'Ja, ik ben het. Giulia is er niet. Wat ben je aan het doen?'

'Niks... Ik baal! Ik heb helemaal geen zin om naar dat etentje van Giulia te gaan. Verdorie! Ik ben vanavond helemaal niet in de stemming. Oudejaar zou je in een moslimdorp moeten doorbrengen. Daar gaat iedereen om tien uur naar bed.'

De gesprekken waren plotseling gestaakt. En iedereen luisterde. Enzo sloeg zijn ogen op en iedereen keek naar hem.

'Moet ik echt komen?'

'Ja natuurlijk. Ik heb er zelf ook geen zin in hoor, dat weet je toch. Maar we zullen wel moeten.'

Met zijn ogen zocht hij Deborah. Ze stond midden in de kamer. Met haar glas wijn in de hand. Vuurrood. Zij zocht hem ook. Hun blikken kruisten elkaar. En terwijl hij doodsbang was, leek zij eerder gegeneerd, gekwetst, beledigd. Ze stond stokstijf en blozend midden in de kamer.

Je snapt er niets van, liefje...

'Goed, ik kom. Als jij maar bij me bent. Ik doe het alleen voor jou, Knorretje. Maar je moet nu even hier komen, ik heb heel wat knuffels nodig om deze avond goed door te komen... Ik mis je!'

'Ik jou ook. Heel erg.'

Ook degenen die buiten op het balkon hadden gestaan waren binnengekomen. En keken naar hen. Opnieuw probeerde hij op te staan, maar het lukte hem niet. Zijn benen leken wel bladerdeeg.

'Goed... Maar ik kan niet lang blijven. Giulia komt zo thuis. Ik heb beloofd dat ik haar zou helpen.'

'Goed. Ik wacht op je.'

En toen kwam Giulia binnen en schreeuwde: 'Begin maar vast te bidden, want voor jullie zal er geen nieuwjaar zijn!'

62 GIULIA GIOVANNINI 23.40 UUR

Nadat Giulia Giovannini op play had gedrukt, was ze naar het berghok achter de keuken gelopen waar Enzo's dingen lagen opgestapeld. Zijn koffers. Zijn schoenen. Zijn spullen. Ze had alles overhoopgegooid en uiteindelijk gevonden wat ze zocht.

Het harpoengeweer.

Zijn Aquagun 3500.

Een beest van een wapen waarmee die hufter de laatste slijmvissen en tongen in de Middellandse Zee doodde.

Ze had hem met gemak geladen.

Mammie had haar verteld hoe dat moest.

Ze had met haar blote handen, als een beest, waarbij ze haar handpalmen open schuurde, die gigantische rubberen snaren gespannen. Ze had de harpoen er helemaal in gedrukt. Ze had gevoeld dat de trekker omhoogkwam en strak stond.

Klaar!

Schreeuwend was ze naar de woonkamer gelopen. Naar de oorlog. Naar de overwinning. Met dat dodelijke wapen tussen haar armen als een Pruisische infanterist die zich overgaf aan de dood.

Ze ging de woonkamer binnen en schreeuwde: 'Begin maar vast te bidden, want voor jullie zal er geen nieuwjaar zijn!'

63 ENZO DI GIROLAMO 23.41 UUR

Ze was enorm. Reusachtig. Gemeen.

Daar, bij die deur, met dat harpoengeweer in haar handen.

Haar ogen star en dof. Zonder nog het licht van de rede erin.

Ze was voor hem gekomen.

Gezwollen van wraak. En ze eiste briesend op wat haar toekwam.

Respect.

Enzo Di Girolamo wist het. Hij wist het maar al te goed.

Ze liep naar hem toe. Tot het midden van de kamer. Alle gasten waren schreeuwend opzij gesprongen. Tegen de muren.

Angsthazen, angsthazen zijn jullie allemaal.

'Wat wil je? Giulia...' wist Enzo uit te brengen.

Niemand hoorde het.

Deborah, die als enige midden in de woonkamer was blijven staan, leek versteend. Alsof ze standbeeldje speelde. Maar plotseling liep ze, zonder acht te slaan op het geweer, naar Giulia toe. Ze stak haar handen vooruit om te proberen het te pakken.

Een filmheldin.

'Giulia! Giulia! Alsjeblieft, geef me dat geweer. Toe! Doe geen stomme dingen. Er is niets gebeurd. Het was zomaar wat... Het was onbelangrijk. Geef hier...' zei de scenarioschrijfster.

Ze dacht dat er redelijk over te praten viel.

Giulia sloeg haar met de kolf van het geweer vol in het gezicht. Deborah viel op de grond. Met haar hoofd onder de bank. En een kapotte lip. En een kapotte neus. Daar bleef ze liggen, met haar bloedende gezicht, dat de franjes van de bank rood doordrenkte, en met haar ogen naar beneden gericht, in dat kleine beetje duisternis.

Giulia liep verder tot ze voor Enzo stond.

Hij met zijn rug tegen de muur.

Zij met het geweer in haar handen.

Ze richtte het op hem.

Enzo zag de puntige harpoen die precies op het midden van zijn borst gericht was. Hij balde zijn bezwete vuisten en piste in zijn broek.

Verdomme... Ik heb nog van alles te doen. Ik heb nog een heel leven voor me. Dit is niet eerlijk. Ik moet het rapport herschrijven. Verdomme nog aan toe. Waarom zo? Tering, zo wil ik niet sterven. Waarom?

Het liefst had hij het aan haar willen vragen.

En had hij een verstandig antwoord willen krijgen.

Als er een verstandig en rationeel antwoord was geweest waarom hij dood moest, zou hij dat best kunnen accepteren. Maar hij wist dat hier geen discussie mogelijk was. Dat er niets te begrijpen viel. Dit was een zoveelste krantenartikel over ongevallen en misdrijven. Een zoveelste voorval waarover je verstrooid las in de streekbladen. Alleen overkwam het nu juist hem. Van drie miljoen Romeinen juist hem. Hij, een toekomstig kopstuk van het IRI, hij die een vrouw had gevonden met een brein dat functioneerde...

Verdomme, nee! Dit is niet eerlijk.

'Ik heb je mijn huissleutel gegeven. Ik heb je mijn leven gegeven. Ik heb je mijn huis gegeven. Ik heb je mijn vriendin gegeven. En wat heb jij mij in ruil gegeven? Geef antwoord, klootzak!' vroeg ze hem.

Wat wil ze?

Hij kon het niet begrijpen. Wat vroeg die psychopaat aan hem?

Het was net een klassieke film. Voordat je vermoord wordt, stellen ze je altijd een vraag. Een vraag waarop jij altijd het verkeerde antwoord geeft. Dus kun je net zo goed geen antwoord geven. En trouwens, waar had ze het over... Sleutels waarvan?

'Nee, ik...' was het enige wat hij kon zeggen. Het was geen antwoord, het waren alleen maar woorden.

Giulia klemde haar lippen opeen in een grimas van afkeer, haalde de trekker over, en Enzo, gezeten op die stoel van rood fluweel, zag de speer op zich afkomen en zich precies in het midden van zijn borst boren. Bij het contact met de punt voelde hij zijn borstbeen uiteenspatten. Hij merkte hoe de ijzeren speer door het zachte vlees in zijn borstkas gleed. En ten slotte, toen de stoel opeens opsprong onder zijn billen, begreep hij dat de pijl hem als een kip aan het spit moest hebben doorboord en dat de punt zich in de bekleding van de rugleuning had gewrikt.

Hij keek omlaag naar dat ijzeren geval dat uit zijn borst stak. Zijn nieuwe overhemd van Battistoni kleurde rood. Hij hield zijn armen omlaag, gespreid als een meeuw met gebroken vleugels.

Als ik hem met twee handen vastpak, kan ik hem er misschien uittrekken, zei hij bij zichzelf.

Hij probeerde het.

Een helse pijn barstte los in zijn thorax en hij voelde de zoute smaak van bloed in zijn keel omhoogkomen. De harpoen had zich achter zijn rug geopend. Het was onmogelijk hem los te krijgen. Hij liet zijn armen weer vallen en begon te huilen.

Hij was heel helder van geest.

Hij voelde de tranen over zijn wangen stromen. Er was geen bewusteloosheid in zijn sterven. Vermoeid hief hij zijn blik op. Naar Giulia.

Daar was ze.

Ze stond nog steeds. Onbeweeglijk. Met dat geweer in haar hand en die dacron lijn die hen verbond als een navelstreng des doods.

'Giulia, alsjeblieft, ik smeek je. Haal dat ding alsjeblieft uit mijn borst.'

Zij keek naar hem. En in die doffe ogen was niets meer. Geen enkel menselijk mededogen. Geen enkele menselijke wroeging.

'Haal dat ding er zelf maar uit, klootzak!' zei ze vermoeid, als een robot met een lege batterij. Ze gooide het geweer midden op tafel. Tussen de flessen spumante en het ijs.

'Dat lukt niet...' antwoordde Enzo alleen maar.

'De rollen zijn omgedraaid! Snap je dat? Nu kunnen wij hem afpersen. Als bekend wordt dat hij een seksuele perverseling is, kan hij het verder wel vergeten. Met zijn werk. Met zijn vrouw. Met alles. Dan is het afgelopen met hem. Snap je dat?!' zei Oorbel met een glimlach van oor tot oor.

'En hoe gaan wij hem afpersen?' vroeg Buiaccaro met de uitdrukking van een oplettend schooljongetje.

'Heel simpel. We maken een mooie foto van hem. Sterker nog, we maken een hele serie. Naakt. Met die stront op zijn buik. Dan worden we rijk...'

Die jongen was een grote boef.

'Geweldig idee! Geweldig idee!' herhaalde Buiaccaro blij.

Het tweetal stond nog steeds zachtjes te smoezen bij een muur van het kantoor. Ze werden onderbroken door Monnezza.

'Sorry hoor, mag ik even storen? Ik wil jullie iets laten zien...'

'Wat dan?' vroeg Buiaccaro.

Monnezza zag er onthutst uit.

'Zouden jullie even willen komen?'

De twee keken elkaar aan en volgden hem toen verbaasd naar het bureau waaraan de advocaat vastgebonden zat.

Rinaldi's gezicht was opgeblazen als een doedelzak.

Een kapotte lip. Een bloedneus. Gezwollen ogen. En desondanks met een brede glimlach van vreugde op zijn gezicht.

'Wat is...' slaagde Oorbel er nog net in te zeggen, voordat Monnezza de advocaat opnieuw een opdonder gaf.

De advocaat stootte een licht kreuntje uit.

'Hij is gek! Snap je dat! Hij vindt het fijn om geslagen te worden. Zo zit hij in elkaar. Hij is een verdomde perverseling...' zei Monnezza met populairwetenschappelijk inzicht.

Hij leek Piero Angela van de televisie wel.

Oorbel ontplofte zowat. Hij sprong boven op Monnezza en de twee vielen op de grond.

'Rund dat je bent! Kijk nou wat je hebt gedaan. Je hebt hem afgetuigd! En wat nu? Je hebt alles verpest. Als we nu foto's van hem maken, is lijkt het net of wij hem hebben afgetuigd, aangevallen... Dan gelooft niemand ons meer. Het heeft nu allemaal geen zin meer... Ik vermoord je. Ik breng je om!' zei Oorbel en hij probeerde een oor van Monnezza op te eten.

De twee rolden over de vloer, elkaar schoppend en bijtend en aan de haren trekkend, terwijl advocaat Rinaldi tegelijkertijd huilde en lachte.

65 MICHELE TRODINI 23.49 UUR

Michele Trodini stak de krachtige mortierpijl van vijftienduizend lire tussen de geraniums van zijn moeder. Hij richtte hem op het balkon aan de overkant.

Exact.

Hij stak de lucifer aan en hield die bij de lont, die snel vlam vatte.

Met een mooie sliert van rode rook vloog de pijl recht naar zijn doel, maar halverwege het traject begon hij om zichzelf heen te draaien (een scheef vleugeltje?) en boog met de punt naar beneden af naar de eerste verdieping. Michele zag hem verdwijnen in een geopend raam. Een steekvlam van blauw licht vulde de kamer en vervolgens klonk er een oorverdovende knal.

Hij draaide zich om naar zijn vader en opa, ervan overtuigd dat hij zou worden afgemaakt vanwege die stommiteit die hij had begaan, maar opa en papa waren te druk bezig met schieten.

Michele klemde zijn kiezen op elkaar, deed alsof er niets gebeurd was en pakte een andere vuurpijl.

HET AFTELLEN GAAT BEGINNEN!
Tien!

66 ROBERTA PALMIERI

Roberta Palmieri was bezig haar vierde en laatste orgasme te bereiken. Dat van het vuur. Het orgasme dat haar hogerop zou voeren, naar het hoogste genot. Naar de opperste extase. Naar het nirwana. Naar het contact met de Plejadanen.

Ja, ja, ze kwam bijna klaar.

Verdomme, ze kwam bijna klaar.

Ze voelde het vanbinnen opstijgen, zich onverbiddelijk en onstuitbaar uitbreiden als een rivier waarvan de oevers zijn doorgebroken.

Dat orgasme zou haar leegmaken en duizendmaal vullen met genot.

In haar hoofd hoorde ze een hels kabaal.

Een kabaal van explosies. Even vroeg ze zich af of het misschien vanbuiten kwam. Nee, onmogelijk, het zat allemaal in haar eigen hoofd.

Ze begon haar ritme te versnellen. Als een bezetene op en neer boven op Davide Razzini, die nog steeds stijf als een stokvis in gehypnotiseerde toestand onder haar op de grond lag.

'Ja, Davide! Heel goeoeoeoed Davide! Ja... Jaaaaa...'

En ze kwam.

Gek genoeg was er in plaats van het verwachte genot pijn. Een helse pijn. Ze voelde hoe het oneindige vuur haar ingewanden verschroeide. Ze opende haar ogen.

Een nevel als van de Povlakte had de kamer gevuld. Haar woonkamer in Midden-Oostenstijl was volledig verwoest.

Ze keek naar haar buik. En ze zag dat haar binnenkant buitenkant was geworden. Haar ingewanden hingen als een gigantische slappe regenworm op de grond. Glibberig, rood en verschroeid.

Ze probeerde op te staan.

Het lukte niet.

Mijn benen!

Haar benen lagen een meter verderop op de grond, afgebroken van haar romp, in een poel van bloed en kool.

Zodra ze besefte dat ze overeind bleef dankzij de erectie van Davide Razzini, begon ze vervaarlijk te schommelen.

Maar Davide opende zijn ogen.

Die explosie moest hem uit zijn hypnose hebben gehaald. Op het moment dat hij wakker werd, verschrompelde zijn erectie.

Roberta Palmieri viel met haar gezicht op de vloer.

67 GAETANO COZZAMARA

Er viel niets te beginnen.

Gaetano was wanhopig.

Die Angela was een echte *teaser*. Heet als een paasvuur maar in haar hart alleen een flirt. Zo een die je even prikkelt en meer niet. En bovendien: wat een onzin, al die trouw aan een boerenkinkel uit Nola, terwijl Mister Natte Tanga '92 voor haar stond.

'Dus je wilt niet met me mee... Je wilt het begin van het nieuwe jaar niet vieren in de armen van een andere man,' zei hij moedeloos.

De kwaliteit van zijn hofmakerij nam blijkbaar af.

'Ik zei je al: ik zou graag meegaan... Maar als mijn vriend erachter komt...'

'En wie is die vriend eigenlijk?'

'Daar is hij. Daar!'

Gaetano draaide zich om en zag de vriend van Angela Coticone.

'Die?' zei hij met open mond.

'Ja, die. Dat is mijn geliefde!'

Voor de tweede keer die avond stortte de wereld rondom Gaetano in.

De vriend van Angela Coticone was de Mastino van God.

Opeens werd het Gaetano duidelijk dat hij nog nooit iets van het leven had begrepen.

Hoe kon een meisje als zij een relatie hebben met die verbindende schakel tussen de apen en de lemuren?

Er was geen moraal meer, geen gerechtigheid, niets.

Al die inspanningen die hij zich had getroost om zichzelf te verfijnen, een smaak te ontwikkelen en zichzelf te verbeteren, waren eigenlijk alleen maar voor hen, voor de vrouwen geweest. Hij had ervan gedroomd een referentievoorbeeld te worden. Een seksobject. Mooi was hij altijd geweest. Maar nu was hij ook ontwikkeld, wist hij hoe hij moest leven, zich moest kleden, en toch... En toch was de waarheid dat hij met die gedrochtelijke Romeinse adellijke dames naar bed ging voor een paar lire, terwijl zo'n meisje, dat de hotelschool had gedaan en nog geen fatsoenlijke zin kon uitbrengen en dat eigenlijk aan zijn voeten had moeten neervallen, hem versmaadde en hield van dat beest.

'Weet je wel wie dat is?' vroeg hij aan haar omdat hij zich niet kon beheersen.

De Mastino was straalbezopen. Een zombie. Hij waggelde rond met zijn honderdtien kilo. Zijn ogen verdwenen in de oogkassen. Zijn mond vervormd tot een afgrijselijke grijns. In onderhemd. Zijn huid glom van het zweet. Hij stonk als een kadaver. Waar hij voorbijkwam deinsde iedereen vol afschuw achteruit.

De Mastino griste een meisje een fles wodka uit handen en dronk die in één lange teug leeg.

'Die mensen van het gebouw aan de overkant schieten terug. Het zijn waarschijnlijk hufters van Casalotti. Ze haten ons omdat we uit het Zuiden komen. Omdat we arm zijn. Maar we zullen ze eens wat laten zien, die vuile aanhangers van de Lega del Nord...' blafte hij tegen het publiek.

Hij draaide zich even om, alsof hij twijfelde, en liep toen naar het Sony 58-kanaals megascherm, tilde het van de grond op en trok de draden eruit alsof het verrotte wortels waren. Ambra, die danste op het scherm, verdween. Hij legde het op zijn schouder en liep naar het balkon en de mist. De videorecorder en de decoder hingen op zijn rug als foetussen die nog aan de navelstreng vastzitten.

'Zie je wel?! Het is een psychopathisch beest. Hoe kun je van hem houden?' vroeg Gaetano terwijl hij wanhopig aan de arm van het meisje trok.

'Hij is een echte macho... Daar hou ik van.'

'Verdomme! Ik moet die vent tegenhouden!' zei Gaetano en hij rende naar het balkon.

Negen!

68 CRISTIANO CARUCCI

Cristiano en Visgraat lagen naast elkaar op een berenvel dat was uitgespreid op een enorm eikenhouten bed, en konden niet ophouden met lachen.

Wat zat er voor spul in dat oplosmiddel?

Wat er ook in zat, het werkte. Tering, het werkte goed.

De verwarmingsruimte leek verdwenen en ze waren bij een onvervalst Vikingbanket.

Aan de dikke donkere houten plafondbalken hingen enorme kettingen die bundels brandende fakkels ondersteunden. Een ruwe haard met gedecoreerde haardijzers zorgde voor de overige de verlichting. Aan het spit werd een hert met gewei en al gebraden. Aan de muur hing een plaat met Gothische letters. Daarboven stond: VOOR IEDEREEN EEN GELUKKIG 836 V. CHR.

Een groep Vikingstrijders zat uitgeput te schransen aan de lange ruwe tafel. Ze vraten als zwijnen. Met hun grove knuisten grepen ze de gebraden kippen vast en stopten die in hun geheel in hun mond, en ze schreeuwden en proostten terwijl ze flesjes Peroni-bier over elkaar leeggoten en knetterende scheten lieten. Ze spraken een onbekende taal. Ze waren grof en lelijk, met die lange vieze haren, ingevlochten met reepjes leer. Op hun hoofd droegen ze een helm met hoorns of adelaarsvleugels. Bont over hun gespierde borst. Geitenleren sandalen aan hun voeten. Een paar wat verfijndere Vikingen gebruikten hun zwaard om stukken kaas af te snijden en één rolde zelfs iets wat leek op *linguine* met pesto. De meisjes die aan tafel bedienden waren beeldschoon. Met lang blond haar. Zweedse jukbeenderen. Zeemleren minirokjes. Push-uptopjes waaruit enorme tieten naar voren staken.

'Tering, wat werkt dat spul goed!' riepen ze om beurten. 'Tering! Het lijkt net echt! Zag je dat lekkere mokkel...?' zei Cristiano.

'Niet te geloven, Cris. Aan het hoofd van de tafel zit Obelix! Kijk!' schreeuwde Visgraat terwijl hij zich aan zijn vriend vastklampte.

'Wat lul je nou? Dit zijn Vikingen en Vikingen hebben geen bal te maken met Obelix. Obelix is een Galliër.'

‘Wat ben jij zielig, zeg. Zijn Asterix en Obelix volgens jou nooit bij de Vikingen geweest?!’

‘Nee. Nooit.’

‘Weet je wat jouw probleem is? Dat je dom en verwaand bent. Heb jij nooit *Asterix in Amerika* gelezen? Met wie denk jij dat Asterix naar Amerika is gegaan? Met de Vikingen.’

69 ANSELMO FRASCA

Anselmo Frasca was gelukkig.

Het leek wel of hij weer jong was. Als in de oorlog.

Toen hij bij de alpenjagers vocht. Hij was niet bang voor granaten. Niet meer, nu hij het gevoel had dat hij al met één been in het graf stond.

Hij zag de vuurpijlen langsvliegen en ontploffen tegen het gebouw. Die hufters daarboven, op het balkon, hadden zich gedegen georganiseerd. Een aanzienlijke vuurcapaciteit. Maar de oude man wist dat de middelen alleen niet voldoende zijn om een gevecht te winnen: je hebt ook helden nodig.

Naast hem belandde een rotje. Hij pakte het op, juist terwijl de lont bijna was opgebrand, en gooide het naar beneden.

‘Opa, je bent geweldig!’ zei Michele bewonderend.

‘Dank je, jongen!’ antwoordde hij met een hart dat zwol van trots, en hij kwam tevoorschijn uit zijn schuilplaats. In de vuurlinie van de vijandelijke sluipschutters.

Vanachter de tafel schreeuwde meneer Trodini: ‘Opa Anselmo, je bent gek! Kom hier.’

Maar opa luisterde niet.

Hij had nog een troef in handen.

Hij rende naar zijn slaapkamer. Hij boog voorover, schreeuwde het uit van de artritis, en haalde van onder het bed zijn musket van uit de oorlog tevoorschijn. Hijgend opende hij zijn klerenkast en pakte de patronen. Hij laadde het geweer.

En bij de kreet 'Savoie!' snelde hij terug naar het balkon.

70 GAETANO COZZAMARA

Gaetano Cozzamara dwaalde op het balkon door de mist op zoek naar de Mastino van God.

Hij moest hem tegenhouden. Hem stoppen. Verhinderen dat hij de televisie naar beneden gooide.

Maar hij zag niets. Hij kon in de mist alleen een paar donkere figuren onderscheiden. De spandoeken van voetbalclub Nola.

Die dwazen daar waren de harde supporterskern. Een bende gestoorde vandalen onder aanvoering van de Mastino van God. Ze drongen altijd het veld op. Ze ranselden de scheidsrechters af.

Nu hadden ze van het balkon hun lanceerbasis tegen het andere appartementengebouw gemaakt. Hij zag er een stuk of vijf, zes met zakdoeken voor hun gezicht een aanloop nemen en een soort handbommen weggooien die ontploften tussen de auto's beneden, op het dak en op de balkons aan de overkant.

Eindelijk ontwaarde hij tussen de spiralen gekleurde rookbommen de monsterachtige figuur van de Mastino van God. Hij was op de balustrade geklommen en hield die enorme televisie boven zijn hoofd. Hij leek net Maciste in de mijnen van koning Salomon.

Gaetano rende op hem af, klom op de daklijst – terwijl hij last had van hoogtevrees – en greep hem aan één been vast.

Het beest draaide zich om en gromde boos: 'Wat moet je?'

'Mastino, ik ben het. Cozzamara. Gaetano Cozzamara. De back. Ik smeek je, ik bid je, gooi die televisie niet naar bene...'

Acht!

71 ANSELMO FRASCA

Anselmo Frasca, met zijn zware bril op zijn neus, had gevuurd op dat beest dat op het punt stond een televisie naar beneden te gooien.

Zeven!

72 GAETANO COZZAMARA

Het projectiel drong binnen in zijn hals en kwam achter uit zijn nek weer naar buiten.

Wat gebeurt er? vroeg Gaetano zich af.

Het was als de bijensteek. Alleen dan drie miljoen keer pijnlijker. Hij legde zijn hand op de pijnlijke plek en ontdekte dat daar een gat zat. Een gat waar hij zijn halve wijsvinger in kon steken. Hij keek naar zijn hand. Rood van het bloed.

Plotseling begaven zijn benen het.

Om niet te vallen hield hij het bovenbeen van de Mastino nog steviger vast en hij zei alleen maar: 'Wat is er met me gebeurd, Mastino?'

Mastino leek versteend. Boven zijn hoofd de televisie. Gaetano kon zijn ogen, zijn gezicht niet meer zien.

Alles werd wazig.

In de verte hoorde hij een stem: 'Die klootzakken hebben geschoten. Ze hebben je in je hoofd geschoten...'

De greep om Mastino's bovenbeen werd zwakker en Gaetano voelde zich opgeslokt door de afgrond onder hem. Hij zag zijn handen over de spijkerbroek van de Mastino glijden.

Hij probeerde zijn vingers eromheen te klemmen, maar die waren van plasticine geworden.

'Ik val. Help!' mompelde hij.

Misschien had hij het te zacht gezegd, want die stommeling bleef maar onbeweeglijk staan met die vervloekte televisie in zijn handen. Toen gooide de Mastino eindelijk de televisie naar beneden en strekte zijn arm uit om hem vast te pakken.

Ook Gaetano strekte zijn arm uit.

Te laat.

Heel even raakten de vingertoppen van de twee mannen elkaar aan.

Gaetano begreep dat het was afgelopen, dat hij zich geen zorgen meer hoefde te maken over de binnendringers, over de gravin, over Angela Coticone, over de vrouwen en over zijn toekomst.

Zes!

73 THIERRY MARCHAND

Thierry Marchand hield zijn ogen dicht. Hij wachtte tot de dronkenschap voorbij was voordat hij weer opstond.

De Sony 58-kanaals Black Trinitron viel boven op hem.

Zijn schedel brak en hij was op slag dood.

Hij leed niet.

Vlak daarna landde, op dat zinloze mengsel van Frans vlees en Japanse technologie, het levenloze lichaam van Gaetano Cozzamara.

74 ANSELMO FRASCA

'Vervloekte oude ogen!' mompelde Anselmo Frasca binnensmonds.

Hij had begrepen dat er iemand naar beneden was gevallen.

Goed zo!

Maar het was hem niet gelukt dat beest waarop hij gericht had te raken. Bijna, dat wel.

Snel laadde hij de musket. Hij wilde niet dat het beest zich terugtrok.

Hij richtte en vuurde opnieuw.

Het geweer explodeerde in zijn handen.

75 MICHELE TRODINI

Michele Trodini hoorde vlak achter zich een knal en opa begon te krijsen alsof hij gekeeld werd.

Hij draaide zich om en zag hem over het balkon springen als een pad met stuipen. Hij sprong alsof hij twintig was. Mooie sprongen van minstens anderhalve meter hoog.

Toen merkte hij dat er iets aan opa ontbrak. Hij miste een hand. Zijn arm hield op bij de pols. Geen palm meer, geen vingers. Er was niets meer.

Zijn vader was te zeer in beslag genomen door het afvuren van de laatste raketten om op iets anders te letten. Zijn gezicht zat onder het roet, zijn overhemd was gescheurd en zijn ogen stonden verwilderd.

'Papa! Papa!' riep Michele terwijl hij aan zijn vaders arm trok.

'Wat is er? Zie je niet dat we de overwinning in onze hand hebben? Schiet jij ook nog wat pijlen af...'

'Papa! Opa...' zei Michele huilend.

'Wat is die nou weer...'

Meneer Trodini sloeg zijn handen voor zijn mond. Opa lag uitgeput op de grond en ondersteunde het stompje met zijn andere hand.

'Opa Anselmo!' zei meneer Trodini.

'Het is niet erg... Het is niet erg. Dat gebeurt nou eenmaal in de strijd,' reutelde de oude man met een van pijn vertrokken gezicht.

'Hoezo gebeurt dat nou eenmaal?! Opa...'

'Maken jullie je over mij maar geen zorgen. Ik heb wel ergere dingen meegemaakt. Gaan jullie maar verder. We hebben bijna gewonnen...'

'Michele, let op! Je opa is een held! Hij moet meteen naar het ziekenhuis. Kom, we moeten die hand vinden. Dan kunnen ze hem er weer aan zetten.'

Vader en zoon gingen op zoek naar de hand, terwijl opa in stilte leed. Het vijandelijke vuur klonk heftiger dan ooit.

Hij was er niet.

Die vervloekte hand was er niet meer. Ze zochten overal. Tussen de geraniums. Tussen de rozen. In de vissenkom.

Niets.

De hand was er niet meer.

'Daar is hij, daar is hij, papa! Daar!'

Hij was beneden terechtgekomen. Op de parkeerplaats. Op het dak van een Ford Escort stationwagon.

'Rennen, Michele. Ga hem pakken!'

Dat liet Michele zich geen twee keer zeggen.

Vijf!

Na het gezamenlijke uitstapje naar de wereld van de Vikingen hadden Cristiano en Visgraat, uitgestrekt op de bedbank, elk hun eigen psychedelische weg gekozen. Visgraat had de indruk dat hij Daitan 3, de Japanse robot was. Zijn botten voelden als van chroom-vanadium, zijn vuisten als van titanium, en hij was klaar voor het gevecht tegen aliens van onbekende herkomst.

Cristiano daarentegen was alsmaar bezig zijn zilveren colt uit een denkbeeldige holster te halen en er weer in te stoppen. Hij voelde zich goed, gekleed als *bounty killer*. Met laarzen die stoffig waren van het zand van de Sierra Nevada, een lichte overjas en een cowboyhoed over zijn ogen.

'Hé, zullen we naar buiten gaan? Ik moet hier gewoon weg... Ik ben het zat om hier te moeten wachten op de Zwarte Dood. Ik voel me behoorlijk strijdlustig. Ik wil naar het buurthuis gaan en daar de boel opblazen,' zei Visgraat met een metaalachtige stem.

'Wie is de Zwarte Dood?'

'Laat maar zitten. Hoe laat zou het zijn?'

'Ik weet niet... Bijna twaalf uur, denk ik. Wil je echt naar buiten? Het is best leuk in deze saloon.'

'Nee, we gaan naar buiten,' zei Visgraat terwijl hij mechanisch bewoog.

'Goed. We gaan naar buiten. Maar we moeten wel een erg moeilijke proef doorstaan. Door de keuken lopen en dan staan we buiten als twee tuinkabouters. Als mijn moeder me zo ziet, stuurt ze me op zijn minst naar het buurthuis van don Picchi. Dus moeten we ons goed concentreren. We moeten normaal overkomen. Kalm, als twee normale mensen. We gaan één voor één. Als we samen gaan beginnen we te lachen en dan heeft ze alles meteen door.'

'Goed.'

‘Oké, jij gaat eerst. Maar luister, je doet de deur open en groet iedereen met een handgebaar en je zegt niets, want dan verpest je alles. Of nee, dat lijkt nog verdachter. Luister goed. Je moet zeggen: gelukkig nieuwjaar en de beste wensen. Dan lijkt het normaler. En dan loop je naar de deur alsof er niets aan de hand is, heel rustig, je gaat naar buiten en wacht daar op mij. Simpel toch?’

‘Simpel!’

‘Gaat het je lukken?’

‘Dat gaat me lukken.’

‘Goed. Ga dan maar. Ik kom vlak na jou.’

‘Zal ik dan maar?’ vroeg Visgraat aarzelend.

‘Ga maar. Je kunt het.’

Met mechanische gebaren trok Visgraat het gepantserde pak van tungsteen aan, dat niets anders was dan zijn leren jack, en hees de rugzak op zijn rug.

Vier!

77 GIULIA GIOVANNINI

De gasten waren gevlucht als een horde op zolder samengepakte muizen.

Ze waren allemaal, een voor een, de werkkamer in geschoten, vandaar de gang op en toen naar buiten, het trapportaal op.

‘Mammie, dat heb ik knap gedaan, vind je ook niet? Jouw kleine meid is knap geweest... Ik heb ze allemaal weggejaagd,’ zei Giulia nu hardop.

Ze wist dat haar moeder er niet was.

Zo gek ben ik nou ook weer niet.

Ze wist dat mammie op vakantie was naar Ovindoli. Maar het was toch helemaal niet erg dat ze deed alsof ze er wel bij was, om samen met haar teerbeminde dochter oudejaar te vieren?

Wat zou dat fijn zijn.

Ze hadden haar huis achtergelaten als een zwijnenstal.

Dat ga ik zo allemaal opruimen.

Toen bedacht ze dat het nog geen twaalf uur was.

Eerst moet er getoost worden.

Getoost op de nieuwe Giulia. Op de vrouw die respect afdwingt. Op de vrouw die door niemand over zich heen laat lopen.

Ze zag dat de platte kip onder de bank bij bewustzijn kwam. Ze bewoog een klein beetje en bromde zachtjes jammerend. Ze had een plas bloed onder haar neus.

Giulia liep naar haar toe. Ze keek even naar haar. Ze zette haar handen op haar heupen en gaf haar een niet al te harde schop tegen haar ribben.

'Hé, jij daar! Hé! Vooruit! Opzouten!'

De platte kip hief haar hoofd. Ze opende een oog en braakte.

Alles wat ze had gegeten. De spaghetti met mosselen, de zalm. Daar, op het parket dat zij een paar dagen eerder had geboend.

'Kijk nou wat je hebt gedaan, stom wijf! Mijn parket. Dat ga jij nu schoonmaken!'

Deborah begon het braaksel met haar handen weg te vegen, probeerde er een bergje van te maken en huilde intussen.

'Laat maar zitten! Jij kunt ook helemaal niks. Ik doe het wel... Opzouten!' zei ze. En aan haar stem hoorde ze dat ze moe en op was.

De platte kip stond op en liep snikkend, met een hand tegen haar gebroken neus, naar de gang.

De voordeur sloeg dicht.

Giulia pakte een fles spumante en een glas, een chic glas. Ze ging voor de televisie zitten.

Ze was er klaar voor.

Om twaalf uur zou ze toosten op het nieuwe leven.

Drie!

78 DAVIDE RAZZINI

Waar was hij? Wat was er gebeurd?

Hij was waarschijnlijk dood.

Hij rook een geur van zwavel vermengd met bloed en gegrild vlees. In zijn oren explosies en geschreeuw.

Ik ben in de hel.

Hij kon zich niets meer herinneren. Zijn geheugen reikte tot het moment waarop hij had besloten weg te gaan, en daarna was er niets meer.

Ik ben opgestaan, ik zei dat ik naar mijn moeder moest en...

Een zwart gat.

Al zijn botten deden pijn en dus bewoog hij zich niet. Zijn ogen dicht. Hij ademde nauwelijks. Al zijn kracht was verdwenen en zijn piemel deed pijn. Alsof er hard aan getrokken was om hem eraf te rukken.

Hij had het koud en klappertandde.

Hij merkte dat hij naakt en nat was. Nat als iets glibberigs en kleverigs wat tussen zijn haren opdroogde.

In de hel is het niet koud...

Hij probeerde zijn hoofd op te tillen. Een klein beetje. Net genoeg om te kijken of zijn nek nog functioneerde. Die functioneerde. Hij kon ook zijn vingers bewegen.

Misschien leefde hij nog.

Maar waar was hij?

Hij opende zijn ogen.

Hij was in een schemerige kamer. Schijnsel van vuurwerk in de verte verlichtte de kamer met rode en blauwe penseelstreken. Een kamer waar een explosie moest hebben plaatsgevonden. De schilderijen op de grond. De ramen aan diggelen. Kalkstukken.

Hij herkende de kamer.

Dit is de woonkamer van die krankzinnige vrouw.

Hij voelde iets zwaars op zijn buik. Hij strekte een hand uit en het gewicht rolde naast hem op de grond.

Hij kwam omhoog op zijn ellebogen.

En hij zag Roberta Palmieri, of beter gezegd: stukjes van Roberta Palmieri. Twee geroosterde benen verspreid door de kamer. Ingewanden op het Perzische tapijt. En een rokend karkas naast hem.

Zelfs Rita Levi Montalcini, de Verschrikkelijke Subotnik en het Brandwondencentrum van Latina samen hadden daarvan niet weer één geheel kunnen maken.

Schreeuwend stond hij op.

Hij schreeuwde en sprong door de kamer.

En hij begreep het.

Hij begreep alles.

Hij had het gedaan. Hij had die slachting aangericht. Hij had haar vermoord en in stukken gehakt.

Wie anders kon het gedaan hebben?

Hij was een psychopathische moordlustige gek. Hij had de verschrikkingen die hij had begaan uit zijn geheugen gewist.

'Ik heb haar vermoord! Ik heb haar vermoord! Ik moet sterven!' schreeuwde hij en hij wierp zich poedelnaakt zonder nadenken uit het raam.

Het was maar de eerste verdieping.

79 ENZO DI GIROLAMO

Hij zag Ambra. Ambra en de meisjes van *Dit is niet de RAI*.

Daar voor hem, op het televisiescherm.

Ze waren ver weg en toch dichtbij.

Hij had de indruk dat hij daar tussen die chaos van pubers stond.

Het zou leuk zijn om daartussen te staan.

Enzo Di Girolamo bewoog even en voelde een pijnscheut die blauwe paddenstoelen voor zijn ogen tot ontploffen bracht.

Verdomme, ik ga dood...

Zijn bloed bleef maar stromen uit de wond en hij voelde dat zijn boxershort en sokken doorweekt waren en dat zijn voeten sopten in zijn mocassins.

Hij zag Giulia voor de televisie zitten. Ze leek verlamd. Onbeweeglijk. Met de fles spumante in haar hand. Haar ogen waren op het scherm gericht maar ze keek niet.

Enzo kon niet goed horen wat Ambra zei. De geluiden bereikten hem in golven, als een branding. Hij probeerde zich te concentreren maar zijn ogen vielen dicht. Zijn oogleden voelden zwaar als kapotte rolluiken.

Wat zei Ambra?

Nog drie minuten en dan was het twaalf uur.

Nog maar drie minuten. Nog maar drie.

Ik zweer dat ik me vanaf het nieuwe jaar koest houd. Ik wil alleen zijn. Single. Ik wil het rapport opnieuw schrijven, dat kan veel beter...

Op de televisie probeerde een enorme neger het record warmwaterkruiken opblazen te verbreken. Hij blies erin. De een na de ander. Dat zou hij zelf ook wel eens willen proberen.

Hij hoestte en binnen in hem veroorzaakte een steek een ondraaglijke explosie van vuur. Zo ondraaglijk dat het onwerkelijk leek. Onsamenhangend.

Hij braakte bloed uit.

Ambra danste. Nog doller dan anders. Om de neger heen, die nog steeds warmwaterkruiken liet barsten. En ze zong: 'Ik zweer je liefde, eeuwige liefde en als het geen liefde is, ga ik naar de hel.'

Enzo sloot zijn ogen.

En er was alleen wit.

80 VISGRAAT

Visgraat concentreerde zich op de zware tocht die hem wachtte. De kamer was nog erger gaan schommelen dan een cruiseschip in zware storm, maar hij lette er niet op.

Ik moet even zwaaien. Ik moet zeggen: Dag allemaal! Gelukkig nieuwjaar en de beste wensen. Dan loop ik naar de voordeur en ga ik weg. Makkelijk. Eitje.

Hij hield zijn ogen dicht om niet te kapseizen. Hij ademde diep in. Hij legde zijn hand op de kruk van de keukendeur. Rustig.

Je voelt je prima. Je hoeft alleen maar te groeten.

Hij probeerde zijn rug te rechten. Zichzelf een houding te geven. Hij kneep in de deurkruk.

Hij wist precies wat hij moest doen. Hij wist dat hij, als hij zich concentreerde, dat hallucinogene spul dat als een zwerm dolle bijen in zijn schedel ronddwaalde naar een donker hoekje van zijn brein kon verbannen. Niet voor lange duur, maar net lang genoeg om door dat vervloekte examen van die kloteportiers te komen.

Hij drukte de deurkruk omlaag.

Door een kier drong het fellere licht van de keuken binnen, het geluid van de televisie die keihard aanstond, gelach en gepraat.

Perfect. Helemaal perfect. Alles normaal.

Hij deed de deur helemaal open, sloot zijn ogen en stamelde: 'Dag allemaal. Gelukkig nieuwjaar en de beste wensen!'

Langzaam deed hij zijn ogen weer open en focuste op de beelden voor hem.

En wat hij zag deed hem wankelen.

Hij sperde zijn mond open.

Het leek of zijn benen als een met een hamer bewerkt stukje gips uit elkaar vielen. Zijn hart werd een knoop in zijn borstkas en hij moest zich aan de deur vasthouden om niet te vallen.

Voor hem...

... stonden honderd politieagenten.

In de zwarte uniformen van de politie van Los Angeles. Hun handen op de kolf van hun pistool. De herdershonden die stonden te blaffen. De petten met het wapen. En tussen deze horde juten herkende Visgraat die twee kerels uit *Miami Vice*, de blanke en de zwarte, die twee klotedandy's die altijd in T-shirt en satijnen jasje rondliepen. Die twee van wie hij de namen niet eens meer wist. Ze hielden hun magnum met beide handen vast en richtten die op hem.

'Jij smerige dealer. Handen omhoog. En probeer niet te ontsnappen, want dan krijg je zes gaten in je kont om scheten mee te laten. Geef op dat spul,' schreeuwde die kleine met dat blonde haar tegen hem.

Twee!

81 MARIO CINQUE

Mario Cinque, de portier van gebouw Ponza, was moe.

Hij had gegeten als een varken. Hij had gedronken als een

dromedaris. Hij had de hele avond de banale grapjes van Cerquetti aangehoord. Hij had geprobeerd erom te lachen.

Maar nu was het genoeg.

Hij was moe.

Hij hunkerde naar zijn mandje, meer dan naar wat ook. Hij wachtte tot de klok twaalf uur sloeg, om dan snel te toosten en naar huis te snellen met zijn vrouw, die zich beter leek te amuseren dan hij.

Gelukkig was het nog maar twee minuten.

'Kennen jullie die mop van die mummie? Nee? Ingewikkeld, hè!'

Genoeg! Ik trek dit niet meer! dacht Mario en barstte vervolgens los: 'Stel je eens voor wat ons morgen te wachten staat. Het hele plantsoen zal door het vuurwerk zijn afgebrand. Alles losgerukt. Braaksel op de trappen. Hoor toch eens hoe ze daarbuiten tekeergaan...'

'Goeiegod, Mario. Jij kunt ook nooit eens een keertje optimistisch zijn. Ontspan toch eens... We zitten hier allemaal heel tevreden bij elkaar en dan moet jij weer alles verpesten...' zei mevrouw Carucci terwijl ze aan de aluminium omhulsels van de spumanteflessen begon te peuteren.

En toen ging opeens de deur open.

Mario was de eerste die zich omdraaide. In de deuropening stond de lange magere jongen die op bezoek was gekomen bij Cristiano. Het leek of hij twee vingers in het stopcontact had gestoken. Benen gespreid en armen langs zijn lichaam.

Toen de gasten hem allemaal zagen, hielden ze op met praten.

Hij straalde iets verontrustends uit. Hij stond daar onbeweeglijk en verstijfd met zijn ogen dicht en hij wankelde naar voren.

Plotseling tilde hij een van die lange orang-oetanarmen op en zei, nog steeds met gesloten ogen en een intercomstem: 'Dag allemaal! Gelukkig nieuwjaar en de beste wensen.'

En hij deed zijn ogen open.

En hij had geen ogen.

Hij had alleen maar twee ronde, kleine, rode knikkers.

Hij sperde zijn mond open en was angstig, alsof hij de hongersdood, de pest en de cholera tegelijk in het gezicht keek. Bijna viel hij om, maar hij kon zich nog net met een hand in evenwicht houden tegen de deurpost.

'Goed. Ik doe mijn handen omhoog. Maar alsjeblieft, alsjeblieft, schiet me niet neer,' stamelde hij en hij bracht zijn handen boven zijn hoofd.

Mario Cinque, mevrouw Carucci en alle anderen keken hem stomverbaasd aan.

Ze begrepen er niets van.

De jongen vervolgde: 'Goed. Ik heb het. Ik geef het. Ik geef het. Eerlijk waar. Als jullie maar niet schieten.'

'Massimo! Wat zeg je allemaal, Massimo? Ben je gek geworden? Voel je je niet goed?' kon mevrouw Carucci nog net uitbrengen, met een hand voor haar mond.

'Goed. Ik ga het nu pakken. Goed. Hier is het.'

'Wat? Wat dan?'

'Hier. Alleen maar wat wiet. Meer heb ik niet, ik zweer het. Ik ben geen dealer.'

Met theatrale gebaren en uiterste behoedzaamheid, wat bij meneer Mario de indruk wekte dat hij zich werkelijk door een of ander pistool onder schot gehouden voelde, trok Visgraat de rugzak van zijn schouders. Hij maakte hem open en haalde er een plastic zakje met stro uit.

'Hier. Zeggen jullie het maar. Is dit veel? Dit is heel weinig!'

Wat is hij aan het doen? vroeg meneer Mario zich verbijsterd af. *Hij is zeker schizofreen. Hij heeft zeker zijn verstand verloren.*

Intussen was de gek naar hem toe gelopen en staarde hem aan met die verwilderde knikkers.

In de kamer kon je een speld horen vallen.

‘Chef. Hier. Maar ik ken jou. Ik geef het aan je en dan schiet jij me in m’n rug neer.’

‘Jongen, rustig toch. Niemand wil jou kwaad doen,’ wist meneer Mario uit te brengen.

De krankzinnige reikte hem het zakje aan en hij wilde het juist aanpakken (je moet gekken nooit tegenspreken), toen de jongen het met een acrobatische beweging teruggriste, in zijn rugzak stopte, terugrende naar Cristiano’s kamer, de deur achter zich dichtsloeg en schreeuwde: ‘Vuile hufterige klootzakken. Nooit zullen jullie mijn wiet krijgen.’

Eén!

82 MONNEZZA

‘Stop er nu mee! Jullie moeten nú vrede sluiten. Geef elkaar een hand.’

Na diverse pogingen en een paar rotschoppen was het Buiaccaro eindelijk gelukt de andere twee uit elkaar te halen.

Die stonden nu elk aan een andere kant van de kantoorruimte en keken elkaar grimmig aan. Oorbel had een blauw oog, zijn jasje was gescheurd en zijn hand geschaafd. Monnezza hijgde als een astmatische buffel. Hij had een schram over zijn wang en hield met één hand zijn aan flarden gescheurde broek omhoog.

‘Nee. Hij is een klootzak. Hij heeft ons geruïneerd... Hij heeft ons geruïneerd... Nooit zal ik met hem vrede sluiten,’ zei Oorbel met een brok in zijn keel.

‘Hij is gek! Ik sla zijn smoel tot moes...’ mopperde Monnezza binnensmonds.

‘Vooruit! Jullie sluiten nu onmiddellijk vrede en wensen elkaar een gelukkig nieuwjaar!' zei Buiaccaro terwijl hij op zijn horloge keek.

Behoedzaam als twee reuen draaiden de twee om elkaar heen.

'Genoeg! Het is twaalf uur precies. Schud elkaar de hand!'

Monnezza strekte gehoorzaam zijn hand uit. Oorbel strekte met tegenzin zijn hand uit.

En het hele kantoor werd opgeschud door een enorme dreun.

Nul!

HET NIEUWE JAAR IS BEGONNEN!

83 CRISTIANO CARUCCI

Cristiano was rustig bezig zijn winterjas aan te trekken en zijn sjaal om te slaan en bereidde zich voor op de confrontatie met zijn moeder en de gasten, toen hij Visgraat de kamer zag binnenkomen en hoorde schreeuwen: 'Cristiano! Cristiano! We zijn erbij! Ze hebben ons te pakken! De politie! We moeten dat spul verstoppen.'

Hij rende in paniek door de kamer.

'We moeten vluchten...'

Cristiano keek hem verbaasd aan.

Het was waarschijnlijk weer een hallucinatie.

De echte Visgraat stond buiten op hem te wachten. Een minder spectaculaire en minder interessante hallucinatie dan die van de Vikingen of de *gunman*, maar beslist echter. Deze Visgraat schreeuwde als een bezetene en had de klerenkast gegrepen en duwde die tegen de deur.

'Wat ben je aan het doen?'

'Kom! Kom!' zei hij, terwijl hij hem stevig bij de pols beetpakte. Cristiano hoorde zijn moeder en de gasten aan de andere kant van de kast schreeuwen en tegen de deur duwen.

'Doe open! Doe open! Cristiano, doe open! Wat gebeurt er?'

'Laat me los! Laat me alsjeblieft los. Mijn moeder wil erin...'

'Nee, dat is je moeder niet. Luister! Luister goed naar me! Het zijn die jongens van *Miami Vice*. Ze willen de wiet. Ze kunnen je moeders stem perfect nadoen. Kom mee.'

Visgraat rende hijgend naar de oude verwarmingsketel. Met neurotische gebaren opende hij het deurtje van de brander.

De donkere ruimte werd verlicht door een schijnsel van vlammen.

Hij draaide zich om naar Cristiano.

En had de grijnslach van de waanzin op zijn gezicht.

Hij trilde. Hij sperde zijn ogen open. Hij kwijlde. Hij lachte.

'Wat wil je doen?' stamelde Cristiano, die begreep dat wat hij nu meemaakte helemaal geen hallucinatie was.

Het was allemaal echt.

Helemaal echt.

'Me ontdoen van de bewijzen.'

'Wacht! Wa...' schreeuwde Cristiano en hij wierp zich op hem.

Maar Visgraat was sneller en gooide met één beweging de rugzak in de brander.

Cristiano voelde zich alsof zijn keel werd dichtgeknepen.

Hij probeerde niet eens weg te rennen. Te vluchten.

Het was te laat.

Veel te laat.

Zinloos.

Hij zei alleen: 'In die rugzak zit het dynamiet, verdomme.'

Voor Massimo Visgraat Russo, noch voor Cristiano Carucci zou er nog een oudejaar komen.

Precies op het moment dat de klok twaalf uur sloeg, explodeerde gebouw Capri.

84

Alle ramen sneuvelden. Een regen van glasscherven viel neer op de parkeerplaats, in het dennenbosje, tussen de glijbanen en de oude verroeste draaimolen van de speeltuin, op de Via Cassia, op gebouw Ponza en op de naburige woonparken. Door de luchtverplaatsing, veroorzaakt door de deflagratie, vlogen de op de parkeerplaats geparkeerde auto's vele meters door de lucht. De portiersloge belandde aan de overkant van de weg. De kerstboom stond in brand. De gekleurde kerstballen knalden door de hitte kapot. De dwergpalmen in de grote potten werden verpletterd tegen de ommuring.

En er was vuur.

Dat zich heel snel verspreidde. Van het souterrain naar de bovenste verdieping. Via de trapkoker en de liftschacht. Een helse vuurzee die de appartementen binnendrong en daar een holocaust aanrichtte, grote rode vlammen uit de kozijnen spuwend.

Het vuur stormde door de oude ondergrondse gasleidingen die gebouw Capri en gebouw Ponza als een Siamese tweeling met elkaar verbonden.

85

Om twaalf uur achtenvijftig explodeerde ook gebouw Ponza.

De deflagratie was nu nog veel sterker omdat daar in het souterrain de gastanks stonden.

Het dak knalde als een champagnekurk omhoog en dompelde de parkeerplaats en de Via Cassia en het omringende gebied onder in bruine dakpannen en bakstenen.

In de lucht boven de Via Cassia verhief zich een paddenstoel met een enorme hoed van vuur en rook en stof, gezwollen van de verbrandingsgassen.

Het vuurwerk dat de Romeinse hemel kleurde met kometen en vallende sterren leek meteen klein, armzalig en bescheiden, vergeleken bij dat helse monster dat de zware regenwolken rood en zwart kleurde.

Een vormloze reus in een wereld van vuurwerkdwergen.

Het werd in de hele stad gezien.

Overal.

In Parioli. In Prati. In Trastevere. In San Giovanni. En de explosie werd ook verderop gehoord, in de verder gelegen periferie, voorbij de ringweg, in Castelli.

En de Romeinen, die het nieuwe jaar vierden in hun huizen, op de balkons, op de straten en de pleinen, in de auto's die stilstonden langs de Tiber, waren met stomheid geslagen, verbijsterd. Vervolgens begonnen ze allemaal te klappen, steeds harder, te fluiten, te dansen, elkaar blij te omhelzen en rivieren spumante open te rukken bij dat pyrotechnische monster.

Er werd gezegd dat dat vuurwerk een verrassing was die de burgemeester had geregeld.

Visgraat had gelijk gehad toen hij had gezegd: 'Ik wil een knal die de mensen zich nog jaren later herinneren. Zo'n harde knal dat al die stakkers met hun dwergenvuurwerk voor paal staan.'

86 — 03.20 UUR

Eindelijk daalde er een zondvloed neer over de stad en was het feest afgelopen. Zelfs de taaiste doorzetters die nog steeds aan het feesten waren, moesten naar huis gaan.

Sommigen uitgeput en blij dat ze hun bed in konden rollen. Anderen minder.

De brand die opstandig had gewoed, werd door die heftige regenval bedwongen.

87 — 06.52 UUR

Om zes uur tweeënvijftig viel er een onophoudelijke, fijne, ongrijpbare regen op het puin. Het was koud en er stond geen wind. Aan de hemel een dichte deken van wolken, het nabijgelegen dal verscholen onder de mist; de gebouwen en de rook vormden samen één enkele grijze massa. De brandgeur, een mengsel van plastic, benzine en pijnboomhout verenigd met die van de regen, sloeg op de keel.

Tussen het puin brandden nog steeds een paar vuurtjes, en lage rookkringels omhulden wat restte van de gebouwen.

De Via Cassia was afgesloten. Om de nieuwsgierigen op afstand te houden en auto's niet door te laten waren er dranghekken geplaatst. Voor het woonpark was het asfalt over een lengte van tweehonderd meter weggeslagen door de explosie. Rokende, verwrongen autokarkassen lagen her en der op de weg. De verbrandde skeletten van de pijnbomen omringden de restanten van de ommuring. Het enorme uithangbord van De Weerwolf was gesmolten en droop op de zwartgeblakerde discotheek. De door de hitte gesprongen waterleidingen hadden een meer gevormd waarin de vervoersmiddelen van de hulpverlening water deden opspatten alsof het motorboten waren.

Ambulances, brandweerwagens en politieauto's stonden door elkaar geparkeerd voor de ingang van het woonpark. De brandweerlieden in hun oranje regenpakken werkten in stilte tussen de puinhopen, op zoek naar overlevenden. Geluid van elektrische zagen. Getik van houwelen op het beton.

'Ik heb er een. Hieronder! Kom helpen!' riep plotseling een

brandweerman, terwijl hij een zware balk probeerde op te tillen. Zijn gezicht was bedekt door zijn capuchon waar de regen van afdroop. De man hurkte neer en zag dat hij dood was.

'Een lijk! Het hoofd is doormidden gespleten. Roep de jongens van de ambulance...' schreeuwde hij terwijl hij de balk opzij gooide en vermoeid zijn handen
in zijn zij zette.

Vergeefse moeite.

Iedereen die ze tot dan toe hadden gevonden was dood.

En de hoop dat ze nog levenden zouden vinden was klein. De explosie was te krachtig geweest.

Geholpen door twee andere brandweerlieden pakte hij het lichaam bij de armen vast en trok het naar buiten.

Een vrouw.

Ze droeg een lange rode avondjurk die op meerdere plekken verbrand was. Ze was oud. Ze had die magere, gerimpelde handen van oude mensen, nu geblakerd door het vuur. Grote ringen om haar vingers en om haar polsen zware gouden armbanden; het horloge tikte nog. Het weinige wat er van haar hoofd over was, was helemaal verkoold.

88 FILOMENA BELPEDIO 07.00 UUR

Ze had alles gezien.

De politie die de deur forceerde en haar huis binnenkwam. De nieuwsgierige buren op de overloop. Haar lijk op de bank. De dokter die zijn hoofd optilde van haar borst en knikte. Ja, ze is dood. Ze had ook gezien hoe ze haar stijf en wit in een zwarte plastic zak hadden gestopt.

En de mis.

'Eenzaamheid kan leiden tot extreme, onherstelbare daden.

De Kerk heeft de taak te begrijpen. Laat ons bidden! Laat ons bidden voor de ziel van Filomena, een goede vrouw...' had de priester gezegd.

Haar zoon, haar man en de nieuwe vrouw van haar man hadden vochtige ogen.

Vervolgens hadden vader en zoon elkaar omhelsd en waren ze gaan huilen.

Zie je wel dat ze van je hielden.

En ze had die anderhalve man en een paardenkop gezien die achter de kar liepen waarin zij lag. De begraafplaats Verano. Het graf. De aarde.

En ten slotte de duisternis...

Waar is de duisternis gebleven? vroeg Filomena zich af.

Er was licht. Weinig, maar het was er.

Een bleek, zwak licht sijpelde tussen het puin dat haar bedekte.

Puin?! Puin waarvan?

Ik weet het niet. Ik zweer bij God dat ik het niet weet! En ik wil het niet weten.

Ze lag ondersteboven, het bloed in haar hoofd, in een rare houding, en al het gewicht drukte op haar hals.

Een grote harde balk drukte tegen haar rug en belemmerde haar te bewegen, zich om te draaien. En dus bleef ze maar stilliggen in die ongemakkelijke houding.

Ze voelde haar benen niet. Of liever gezegd: ze had het gevoel of er miljoenen mieren in krioelden. Ze bewoog een hand, klauwde in de kalkbrokken en kneep even in haar bovenbeen.

Niets.

Alsof je in het been van iemand anders kneep. Van een lijk.

Mijn benen zijn gebroken!

Ze probeerde de pijn te vergeten en na te denken.

Je bent niet dood. Je zelfmoord is mislukt. Je leeft! Je leeft!

Ver weg, buiten die graftombe van bakstenen, hout en beton boven haar, hoorde ze het gedempte gejank van de sirenes, het geluid van elektrische zagen.

Het moest dag zijn.

Ze was nat en ze had het koud.

Het is je zelfs niet gelukt zelfmoord te plegen! Je bent zo waardeloos dat je niet eens zelfmoord kunt plegen! Complimenten.

Haar hals deed pijn. Ze voelde de spieren trekken aan haar nek als scheepstouwen aan de meerpaal.

Ik ga nu schreeuwen. Om hulp roepen.

Maar ze deed het niet. Ze probeerde haar tenen te bewegen.

Ze bewegen! Ze bewegen!

De balk tegen haar rug maakte haar wanhopig. Zodra ze bewoog schuurde die tegen haar open vlees. Ze moest van houding veranderen.

Ik heb al die slaappillen ingenomen... Waarom ben ik niet dood?

Omdat jouw meester, degene die de touwtjes van jouw leven in handen heeft, dat niet zo heeft gewild.

Jouw eigen unieke meester.

De Pech.

Ze had de balk met twee handen vastgepakt en duwde ertegen. Hij bewoog geen centimeter. Misschien duwde ze tegen het verkeerde stuk. Misschien moest ze meer kracht zetten, lager, met haar rug. Duwen ondanks de wond die brandde.

Kom op, meid! Diep inademen en duwen. Schijt aan die pijn.

Dat deed ze en opeens gaf de balk mee.

Er viel een regen van kalk en bakstenen op haar neer. Op haar hoofd. Op haar gewonde rug. Zo bleef ze liggen. De aarde in haar mond.

Kom op, meid. Zie je wel dat je alweer niet dood bent? Trek jezelf uit dit gat.

Ze bewoog een been. Ze bewoog het andere.

Dus die zijn niet gebroken. Die sliepen alleen maar!

Ze begon te graven met haar handen. Als een bezeten sintbernardshond. Ze brak haar nagels, verwondde haar handen. Ze duwde een grote houten tafel opzij en zag de grijze hemel boven zich.

Haar gezicht werd nat van de regen. Zo bleef ze even liggen. Met gesloten ogen. Verblind door het licht. Om haar gezicht te laten wassen door die koude regen.

Ze was niet dood.

Waar wacht je op? Tot het nacht wordt?

Schreeuwend van pijn boog ze voorover, klampte zich vast aan een betonnen balk en hees zichzelf omhoog.

En ze kwam tevoorschijn. Als een paddenstoel uit de grond.

Ze keek om zich heen.

Ze begreep het niet.

Toen herkende ze de pijnbomen die voor haar balkon stonden. Zwart. Ze zag de Via Cassia en de gebouwen aan de overkant.

Maar haar huis was er niet meer en ook niet het tegenoverliggende gebouw. Haar nek schreeuwde zodra ze haar hoofd draaide. Haar handen waren gesloopt en de wond op haar rug klopte, maar verder was ze in orde.

Wat doe je nu? Genieten van het uitzicht? Vooruit, in beweging komen!

Op handen en voeten klauterde ze over de puinhopen. Brandweerlieden zochten tussen de stenen. Een graafmachine groef. De ambulances met hun blauwe lichten. En opzij, op wat er over was van de parkeerplaats, lag een rij lijken. Een stuk of tien. Zwartgeblakerd. Onherkenbaar. Verbrande karkassen in feesttenue.

Ze zijn allemaal dood! Allemaal. Alleen ik heb dit overleefd.

Ze wist het zeker.

Niemand merkte haar op.

Niemand lette op die lelijke dikke vrouw in nachthemd, haar

haren tegen haar hoofd geplakt, die op handen en voeten over de bergen puin kroop.

Ze doorkruiste de ruïnes als een onzichtbaar spook.

En misschien was ze dat ook echt.

Ze waren allemaal te druk bezig met het graafwerk.

Met onzekere stappen liep ze langs de verwrongen resten van het hek van het Woonpark van de Eilanden en ging blootsvoets in de regen op weg over de Via Cassia.

Waar ze heen ging?

Naar het leven.